# आश्रय कुटी

AF850675

हरिशरण वर्मा

सन्मति

Title : Aashray Kuti
ISBN: 9789390539291


**प्रकाशक**

सन्मति पब्लिशर्स एण्ड डिस्ट्रीब्यूटर्स
बी-347, संजय विहार,
मेरठ रोड, हापुड़-245101 (उ0प्र0)
website : www.sanmatiindia.com
email: sanmati555@gmail.com
मो. : 8439645104

प्रथम संस्करण : जनवरी 2021

# समर्पण

मुझे गर्व है डा. दिनेश मणि त्रिपाठी, प्रधानाचार्य, एल.पी.के.आई. कालिज, सरदार नगर, बसडिला (गोरखपुर) उत्तर प्रदेश पर, जिन्होनें "आश्रय कुटी" नाटक की कहानी लेखन में अपना पूर्ण परामर्श व सहयोग देकर कृतार्थ किया, मैं आपका हृदय से आभारी हूँ।

**- डा. हरिशरण वर्मा**

# अपनी बात

दृश्य गद्यविद्या के रूप में नाटक वह साहित्यिक प्रदेय है जो सामाजिक (पाठक-दर्शक) हृदय पर नाटकीय प्रभाव छोड़ता है । उसके मानस में आनन्चेतनापरक संवेदनाओं का संचरण करता है। नाटक में वह गुण विद्यमान है जो मंच के माध्यम से भी और मंच के बिना भी दर्शक मन को अपनी ओर आकर्षित कर लेता है । नाट्य-प्रस्तुति ऐसी भावानुभूति को जगाती है कि सामाजिक काल-घटना, स्थान का साक्षी न होते हुए भी साक्षी अनुभव करने लगते हैं। यह प्रत्यक्षानुभूति ही है कि पात्र चरित्र के अनुसार रूप कल्पना को वास्तविक समझकर उससे जुड़ते चले जाते हैं। दृश्य, घटना पात्र की काल्पनिकता यथार्थ के धरातल पर अवतरित होकर रचनाकार और पाठक को एकमेव भाव में लाकर खड़ा कर देती है। नट (कलाकार) पात्र का क्रिया व्यापार दर्शक-पाठक के विचारों को न केवल जाग्रत (प्रसन्न विषाद) करता है, वरन् वर्तमान को अतीत और भविष्य के साथ जोड़ने का काम करता है। समसामयिक परिवेश का दृश्य चित्रण करते हुए नाटककार समाधान की राह दिखाने का प्रयास करता है।

साहित्यक के विद्यात्मक स्वरूप में हिन्दी नाटकों पर समृद्ध संस्कृत नाट्य परम्परा का प्रभाव रहा है। पारसी रंगमंच चलचित्र एवं लोक नाट्क इतिहास, ज्ञान, उपदेश आदर्श मूल्य, मानवीय मूल्य, समस्या-समाधान और राष्ट्र-संस्कृति जैसे समसामयिक संदर्भ प्रसंगों के प्रति उत्तरदायित्वपूर्ण सजगता मार्गदर्शन के साथ अपनी विकास यात्रा पर जागरुक प्रहरी के समान पैनी दृष्टि लिए हुए हैं। उनकी इसी विशेषता का परिणाम है कि आज ज्ञान-मनोरंजन, प्रेरणा, चिंतन के अनगिनत संसाधनों के बीच नाटक अपनी विषयवस्तु पात्र-संयोजना, समस्या समाधान कला या उद्देश्यपूर्ति सक्षमता

एवं भाषा प्रस्तुति के बल पर अपनी उपयोगिता, पाठक-अभिरुचि को बनाए हुए हैं। नाटक केवल मनोरंजन का माध्यम नहीं समाज-संस्कृति, के लिए प्रेरणा माध्यम का कार्य करता हैं नकारात्मक प्रवृत्तियों को सकारात्मकता की ओर ले जाने का वाहक बनता है, निराशा, अवसाद और पलायनवादी मानसिकता से बाहर लाकर आशा-विश्वास के साथ जीने तथा आत्मबल जगाने की ताकत देता है। भाव के धरातल पर वास्तविकता के रंग बिखेरता है। समाज में व्याप्त एकांगी सोच-मानसिकता को विविधता प्रदानकर नाटककार हेय (घृणा) मिटाकर प्रेय (प्रेम) संदेश देना चाहता है। संकीर्ण मानसिकता न केवल हिन्दी नाट्क विद्या के लिए वरन् प्रत्येक साहित्यिक अभिव्यक्ति के लिए अभिशाप है।

आधार पर कवि (रचनाकार) को स्वयंभू और शब्दों में जीवन शक्ति डालने वाला कहा गया है। कवि-सर्जक, रचनाकार नाटककार की बुद्धिमता ही है कि वह अपनी अनुभूति भाव कल्पना को शब्द रूप देकर अथमयता के साथ सर्वजनीय सार्वभौमिक और सार्वकालिक बना देता है। उसका अभिव्यक्त रूप देश, काल सीमा से परे वसुधा व्यापक विश्व व्यापक हो जाता है। उसके द्वारा प्रस्तुत की गयी घटना समस्या परिस्थिति व्यष्टि सीमा को लांघकर समष्टि अनन्त में हलचल पैदा करती रहती है। कथावस्तु या यथा सूत्र सूचना भर न रहकर क्रिया-प्रतिक्रिया के साथ बदलाव सुधार का माध्यम बनते जान पड़ते हैं।

हिन्दी नाटकों में समस्यामूलक नाटकों की सुदीर्ध परम्परा रही है। आधुनिकतावादी चिंतन और व्यवहार ने इस प्रकार के नाटककारों को नयी-नयी भावभूमि और विचारबीज प्रदान किए, फलस्वरूप सामाजिक और राजनीतिक समस्याओं को लेकर नाटक लिखे गए। सेठ गोविन्द दास द्वारा लिखित नाटक सुख किसमें, भूदान यज्ञ वृन्दावन लाल वर्मा द्वारा खिलौने

की खोज, विष्णुप्रभाकर कृत चन्द्रहार उपेन्द्रनाथ अश्क द्वारा अलग-अलग रास्ते, लक्ष्मीनारायण लाल द्वारा अंधा कुआँ आदि कितने ही नाटककार और नाट्यरचनाएं नाटककार हैं जिनकी श्रेणी में आज के नाट्य लेखकों में जाने माने डॉ. हरिशरण वर्मा निरन्तर समाज के धरातल पर उभरती समस्याओं-जाति धर्म, संप्रदाय के नाम पर दहेज, आत्महत्या, प्रेमविवाह लिंग-भेद, रिश्वत भ्रष्टाचार आदि को लेकर सजग भूमिका निर्वहन करते हुए दिखायी पड़ते हैं। उसी सुधारवादी प्रवृत्ति की झलक नव प्रकाश्य रचना आश्रयकुटी में जीवंत हो उठी है। नाटककार डॉ. हरिशरण वर्मा जी अपने नाटकों में न केवल स्वीकार्य व व्यावहारिक समाधान, प्रस्तुत कर एक राह दिखाने में सक्षमता का प्रदर्शन करते हैं।

किसी भी नाटक की सफलता समय स्थान और कार्य के संयोजन पर निर्भर करती है। नाटक के तत्व कथावस्तु, पात्र, संवाद, देशकाल एवं वातावरण भाषा शैली एवं उद्देश्य रचनाकार प्रवृत्ति का दिग्दर्शन कराते हैं। डॉ. वर्मा ने संस्कार एवं अन्य नाटक चादर एवं अन्य नाटक शहीद एवं अन्य नाटक, ट्रिपल तलाक (नाटक संग्रह) यमलोक, चैंतीस दृश्यांवान में आबद्धकर आश्रयकुटी नाटक की रचना की है। इस नाटक में अंतजार्तिय प्रेम है, प्रेम के नाम धोखा है, युवतियों को वैश्यावृत्ति के जाल में फँसाया जाता है, शारीरिक यातना के साथ दुत्कारा जाता है, सहायता के नाम पर विश्वासघात होता है, आत्महत्या को मजबूर किया जाता है, आश्रयकुटी या सुधारगृह के नाम पर भी काला धंधा जारी है; इन सभी समस्याओं को लेकर नाटककार अपने स्त्री-पुरूष पात्रों के माध्यम से पाठकों के सम्मुख उपस्थित हुए हैं लेकिन उनका मानना है कि समाज में अच्छे लोगों की कमी नहीं है। जो समय और आवश्यकता के अनुसार मदद के लिए तैयार रहते हैं।

नाटककार ने प्रेम के नाम पर धोखा देने वाले अशोक जैसे पात्र का चयन किया है। जो प्रेम के जाल में फँसाकर युवती कमलेश को समस्याओं के जाल में उलझाकर भाग जाता है। वहीं पंकज जैसा पात्र भी है, जो अनजान होकर भी उसकी मदद करता है। बीमारी में इलाज कराता है। और उसे अपने पैरों पर खड़ा होने के लिए न केवल स्वयं मदद करता है, अपितु अपने घर लाकर पूरे परिवार से सहयोग का वातावरण तैयार करता है। जब अशोक कमलेश की बहन प्रोमिला से विवाह करने का निमंत्रण पत्र देने के लिए उसके पास पहुँचता है, तो न केवल कमलेश उससे मार-पिटाई करती है, पंकज और विनोद का संग पाकर उसकी सच्चाई से अपनी छोटी बहन प्रोमिला का जीवन बर्बाद होने से बचाती है, अपने माता-पिता का विश्वास पुनः जीतती है, अशोक को उसके माता-पिता के सामने सच का अहसास कराती है और कानून की सहायता से पुलिस द्वारा उसे जेल भिजवाकर दण्ड दिलवाती है। आश्रयकुटी को नारी स्वतंत्रता, स्वावलम्बन और नारी सशक्तिकरण का केन्द्र बनाती है। कहने का अभिप्राय है कि आश्रयकुटी नाटक एक उद्देश्यपूर्ण समसामयिक समस्याओं से परिचित कराता सफल नाटक है।

अस्तु डॉ. हरिशरण वर्मा निरंतर अपने लेखन द्वारा वर्तमान के उन पहलुओं को उजागर करने का प्रयास करते हैं, जो आदर्श के साथ-साथ यथार्थ से परिचित कराते हुए समाज में परिवर्तन का संकेत देते हैं। देशकाल एवं वातावरण का सम्यक पालन करते हुए मानवीय सोच एवं व्यवहार में आ रहे परिवर्तनों की अधिक समय तक उपेक्षा नहीं की जा सकती। रचनाकार का धर्म है-समय का ध्यान रखना और समाज की अपेक्षाओं पर खरा उतरना। वहीं रचना कालजयी रहती है। रचनाकाल भी उतनी ही प्रसांगिक रहनी चाहिए, जितनी की वह आज या अपने वर्तमान में है।

यह तभी संभव है जब वह अपने संदेश की गूंज ध्वनि को व्यापक रूप से गुंजायमान कर सके । आश्रयकुटी नाटक की भाषा और संवाद-योजना कथावस्तु को न केवल जाति और आकर्षण अभिरुचि प्रदान करती है। वरन् जिज्ञासा, कौतूहल, रोचकता के साथ-साथ मानसिकता को बदलने के लिए विवश करती है; जो आज समय की मांग है।

अन्त में, आश्रयकुटी नाटक के सफल लेखन विषयानुकूल पात्र संयोजन के लिए नाटककार डॉ. हरिशरण वर्मा जी को ससम्मान बधाई देता हूँ और प्रभु से कामना करता हूँ कि वे स्वस्थ रहते हुए शतायु हों ताकि उनकी नयी-नयी रचनाओं से हिन्दी जगत् सुगन्धित सुवासित होता रहे। माँ सरस्वती उन पर कृपा बनाए रखें, इसी सद्कामना के साथ...

*अनगिनत भाव सुमन बिखराए, आश्रयकुटी समाधान रच लाए,*
*विश्वास सहारा बीज पलायन खा जाए, अमरगीत मानव मानवता बच जाए।*

विजयदशमी 25 अक्टूबर 2020

डा केशवदेव शर्मा
डी0लिट0 (हिन्दी)
हिन्दी साहित्यसेवी
न्यू कालोनी एक्सटेंशन
पलवल-121102

**पुरुष-पात्र -**

| | | | |
|---|---|---|---|
| 1. | अशोक | - | नायक - 28 वर्ष |
| 2. | किरोड़ीमल | - | नायक का पिता - 60 वर्ष |
| 3. | अमर | - | नायिका का पिता – 60 वर्ष |
| 4. | ललित | - | नायिका का भाई – 20 वर्ष |
| 5. | पंकज | - | नायिका का धर्म भाई – 40 वर्ष |
| 6. | विनोद | - | पंकज का मित्र – 40 वर्ष |
| 7. | गुण्डा | - | आवश्यकतानुसार |
| 8. | गुण्डा | - | आवश्यकतानुसार |
| 9. | संतरी | - | आवश्यकतानुसार |
| 10. | थानेदार | - | आवश्यकतानुसार |
| 11. | ताराचन्द | - | होटल का मालिक |
| 12. | वेटर | - | आवश्यकतानुसार |
| 13. | चपरासी | - | आवश्यकतानुसार |
| 14. | डॉ० वर्मा | - | आवश्यकतानुसार |
| 15. | इंस्पेक्टर | - | आवश्यकतानुसार |
| 16. | व्यक्ति-1 | - | आवश्यकतानुसार |
| 17. | व्यक्ति-2 | - | आवश्यकतानुसार |

**स्त्री पात्र –**

| | | | |
|---|---|---|---|
| 1. | कमलेश | - | नायिका – 27 वर्ष |
| 2. | रेणुका | - | नायिका की माता – 55 वर्ष |
| 3. | रेशमी | - | नायिका की धर्म माँ – 60 वर्ष |
| 4. | पुष्पा | - | नायिका की सहेली – 26 वर्ष |
| 5. | लक्ष्मी | - | नायिका की सहेली – 26 वर्ष |
| 6. | सरोज | - | नायिका की सहेली – 26 वर्ष |
| 7. | मनीषा | - | नायिका की छोटी बहन – 26 वर्ष |
| 8. | रेखा | - | नायिका की भाभी – 26 वर्ष |
| 9. | दुलारी | - | नायिका की सहेली – 26 वर्ष |
| 10. | राजवन्ती | - | नायिका की सहेली – 26 वर्ष |
| 11. | संतोष | - | नायिका की सहेली – 26 वर्ष |
| 12. | प्रोमिला | - | नायिका की बहन – 20 वर्ष |
| 13. | महिला | - | नायिका की पड़ोसन |
| 14. | यशोदा | - | नायक की माँ – 60 वर्ष |
| 15. | नर्स | - | आवश्यकतानुसार |
| 16. | संचालिका | - | 50 वर्ष |
| 17. | रमाबाई | - | चकला की मालिक - 50 वर्ष |
| 18. | मनीषा | - | पंकज की बेटी - दस वर्ष |

# दृश्य – एक

(दिल्ली महानगर भारत की राजधानी की मुख्य सड़क पर रात के 9 बजे एक लड़की बदहवाश की स्थिति में सडक के बीचोबीच भागी जा रही है। पीछे एक कार आ रही है। लड़की सड़क के मध्य आकार तुरंत खड़ी हो जाती है और कार को रोकने का संकेत करती है। कार सड़क के बाएं ओर जाकर रूक जाती है। लकड़ी तुरंत कार के पास आकर ड्राइवर से कहती है, उसी समय पीछे से कुछ गुण्डे लड़की को पकड़ने के लिए दौड़े आ रहे हैं।)

कमलेश : भईया, इन गुंडों से रक्षा करो, ये मुझसे धंधा करवाना चाहते हैं और मैं करना नहीं चाहती। मेहरबानी करके मेरी रक्षा करो। मुझे पुलिस स्टेशन तक छोड़ दो। भैया आपका यह उपकार तमाम जीवन स्मरण रखूंगी।

पंकज : (बिना कुछ सोचे समझे) तुरंत पीछे बैठ जाओ।

कमलेश : (पीछे खिड़की खोलकर बैठ जाती है, पीछे से एक गुण्डा आकर खिड़की खोलने की चेष्टा करता है। कलेश उसे लात मारकर सड़क पर गिरा देती है।) भैया जल्दी ले चलो बाकि गुण्डे भी पास ही आ चुके हैं।

पंकज : जल्दी है तो बहना गाड़ी दौड़ा देता हूँ। (गाड़ी दौड़ा देता है, गुण्डे भागकर कार के सामने आकर खड़े हो जाते हैं।)

गुण्डा-1 : इस लड़की को यहीं उतार दो यह पागल है। यह हमारा शिकार है, तुम किस प्रकार ले जा सकते हो।

कमलेश : भईया, मैं पागल नहीं हूँ। ये लोग मुझे अपना शिकार समझते हैं। कृपा करके मुझे इनसे बचाने का कष्ट करें।

पंकज : तू चिन्ता मत करो बहन, अब तुम मेरे संरक्षण में हो, तुम्हें कोई भी नहीं छू सकता। (अशोक ने गाड़ी को यू

टर्न किया और दौड़ा दी। अब अशोक की गाड़ी गुंडों की पहुँच से काफी दूर निकल चुकी थी।) हमारी गाड़ी गुंडों से काफी दूर आ चुकी है बहन, तुम चिन्ता मत करो पुलिस स्टेशन आने वाला है।

कमलेश : सचमुच आने वाला है ? (प्रसन्नता से)

पंकज : हाँ बस यह पुलिस स्टेशन आ गया। (गाड़ी रोक देता है) उतरो बहन, यह पुलिस स्टेशन का मुख्य द्वार है।

कमलेश : क्या आप मेरे साथ अंदर नहीं चलेंगे?

पंकज : नहीं बहन मैं पुलिस के झंझट में नहीं पड़ना चाहता। सामने थानेदार का कमरा है बैठे हुए हैं चली जाओ। अच्छा बहन मैं चलता हूँ।

कमलेश : अच्छा भईया, यदि पुलिस वाले यह पूछें कि कौन छोड़कर गया है, तो मैं क्या उत्तर दूँ?

पंकज : कह देना कि मुँह बोला एक भाई, दुष्टों से बचाकर यहाँ छोड़ गया है। अच्छा चलता हूँ। (गाड़ी की गति तेज करके चला गया।)

## दृश्य – दो

(पुलिस स्टेशन का मुख्य द्वार। द्वार के ऊपर बड़ा बोर्ड लगा है, पुलिस स्टेशन (थाना)। मुख्य द्वार पर एक संतरी खड़ा है, जो सावधानी की स्थिति में है तथा कंधे पर रायफल रखी हुई है। कमलेश मुख्य द्वार पर पहुँच जाती है और द्वार पर खड़े संतरी से भय सहित बात करना चहती है परन्तु बात नहीं कर पाती।)

संतरी : (लड़की को देखकर) लड़की।

कमलेश : जी।

संतरी : कौन हो तुम ?

कमलेश : (स्वकथन- क्या मुझे इन परिस्थितियों में पुलिस के पास जाना चाहिये । कहीं ये लोग मुझ पर मिथ्या आरोप लगाकर अंदर बंद ना कर दें और यहीं पर मेरे साथ बलात्कार ना करें । ऐसा तो ना हो जाए कि आसमान से गिरे और खजूर पर लटक गए, परन्तु इस महानगर में मेरा कौन है जिससे कि सहायता मांगी जाए, फिर बाहर लिखा तो है "पुलिस हमारी दोस्त" पुलिस से सहायता नहीं मांगूंगी तो किससे मांगूंगी ।) जी ।

संतरी : मैं पूछ रहा हूँ कौन हो तुम?

कमलेश : कमलेश ।

संतरी : किससे मिलना है ?

कमलेश : भैया, थानेदार साहब से मिलना है ।

संतरी : क्या काम है ?

कमलेश : वह तो मैं उनसे ही मिलना चाहती हूँ ।

संतरी : अच्छा-अच्छा ठीक है, आओ मेरे साथ, सामने कमरे में बैठे हैं ।

कमलेश : चलो ।

संतरी : (धानेदर के कमरे में जाकर थानेदार से) साहब, यह लड़की आपसे मिलना चाहती है ।

थानेदार : क्यों ? क्या बात है ? क्या काम है ? घर से भागकर आई हो क्या ?

कमलेश : (हकलाते हुए) जी ।

थानेदार : (संतरी से) कौन है यह ?

संतरी : यह तो मैं भी नहीं जानता। मुख्य द्वार पर डरी-डरी खड़ी थी। आपसे मिलना चाहती थी, तो मैं आपके पास ले आया।

थानेदार : (लड़की से) कौन हो तुम? क्या नाम है तुम्हारा?

कमलेश : कमलेश।

थानेदार : क्या काम है ?

कमलेश : साहब गुंडों के चुंगल से छुटकर भागकर आई हूँ।

थानेदार : गुंडों से छूटकर आई हो। क्या तुम्हें अकेली को गुंडों ने पकड़ लिया था ?

कमलेश : नहीं।

थानेदार : तो फिर ?

कमलेश : आठ–दस लडकियाँ और भी हैं। जिनको वैश्यावृत्ति करने के लिए बाध्य किया जा रहा है और तैयार न होने पर उन पर अनेक प्रकार के अत्याचार किये जाते हैं। मैं आपसे हाथ जोड़कर प्रार्थना करती हूँ, मुझे और उन भोली-भाली लड़कियों को उनके चुंगल से बचा लो साहब।

थानेदार : क्या वे लडकियाँ वहाँ मिल जायेंगी?

कमलेश : मेरे वहाँ से भागने के बाद वे लोग उन लड़कियों को धकेल कर तहखाने में बन्द कर देंगे या कहीं और भेज देंगे।

थानेदार : लेकिन तुम वहाँ से निकलकर पुलिस स्टेशन तक कैसे पहुँची ?

कमलेश : मौका देखकर मैं वहाँ से भाग निकली। उन्होंने भी मेरे पीछे दौड़ना आरम्भ कर दिया। मेरे पीछे से एक कार वाला भईया आ रहा था, मैंने उसे रुकने का संकेत

किया, वह रूक गया मैंने उसे अपनी व्यथा सुनाई, सो वह मुँह बोलता भाई दुष्टों से बचाकर यहाँ छोड़ गया और मैं आपके पास आ गयी।

थानेदार : तुम्हारा वह भईया यहाँ क्यों नहीं आया ?

कमलेश : पुलिस के चक्कर में न पड़ने के कारण, वह बिना नाम पता बताये चला गया।

थानेदार : क्या तुम्हें वह स्थान पता है जहाँ से तुम गुंडों के चुंगल से निकलकर भागी हो ? कितने दिन तुम्हें यहाँ आये हुए हो गए ? तुम कहाँ से आई हो और इन दुष्टों के चुंगल में किस प्रकार से फँस गयीं, विस्तार पूर्वक बताइये।

कमलेश : साहब, मेरी कहानी बहुत लम्बी है, पहले आप उन लड़कियों की सोचिये। वे भी वहाँ से मेरी तरह ही भागने को आतुर हैं। उस गंदगी में भला कौन शरीफ लड़की रहना पसंद करेगी ?

थानेदार : तुम वहाँ का पता बताओ।

कमलेश : जी०बी० रोड पर नीचे तारा का होटल है। नाम को वह शाकाहारी होटल है परन्तु उस होटल में भी जिंदा लड़कियों का माँस परोसा जाता है। उसी होटल के तहखाने में 8-10 लडकियाँ और बंद हैं। जिस लड़की को ग्राहक पसंद करता है, उस लड़की को रात भर के लिए उस ग्राहक के कमरे में भेज दिया जाता है।

थानेदार : तुम्हें यहाँ कितने दिन हो गए ?

कमलेश : मुझे तो केवल चार दिन हुए हैं।

थानेदार : और तुमने चार दिन में ही -----।

कमलेश : चार दिन में ही सारा भेद जान लिया है।

थानेदार : कितनी पढ़ी हुई हो ?

कमलेश : बी०ए० की परीक्षा दी है सर। साहब आप जल्दी उन लड़कियों को मुक्त कराने का कष्ट करें। वरना वे दुष्ट लोग उन लड़कियों को कहीं छिपा देंगे या भेज देंगे।

थानेदार : ठीक है, मैं तुरंत ही वहाँ जा रहा हूँ। संतरी।

संतरी : जी सर।

थानेदार : ड्राइवर से कहो जल्दी गाड़ी बहार निकाले और गाड़ी में पूरी फ़ोर्स हथियार सहित बैठ जाए।

कमलेश : साहब एक बात तो मैं बताना भूल गई।

थानेदार : बोलो क्या बात बताना भूल गई।

कमलेश : होटल का द्वार पिछली गली में भी है, उस द्वार से ग्राहक रात के अँधेरे में आते हैं, जिन्हें जिंदा लड़कियों के माँस की आवश्यकता होती है।

थानेदार : पिछली गली में पहुँचने का क्या मार्ग है।

कमलेश : तीन दुकान छोड़कर बाए गली में जाने के लिए मार्ग है, इसलिए आप अधिक पुलिस ले जाएँ, यदि आपने होटल के मुख्य द्वार पर छाया मारा तो वे लोग लड़कियों सहित पिछली गली से निकल जायेंगे। इसलिए आप अधिक फ़ोर्स ले जाने का कष्ट करें और दोनों ओर से छापा मारे साहब।

थानेदार : इसका मतलब तुम्हें उनकी पूरी जानकारी है।

कमलेश : साहब चार दिन रहकर मैंने वहाँ की जानकारी ही प्राप्त की थी।

थानेदार : तुमने हमारा काम आसान बना दिया। जब तक हम आये तुम इसी कमरे में बैठो, हम आकर तुमसे बात करते हैं। (संतरी से) संतरी।

संतरी : जी सर।

थानेदार : जीप के साथ-साथ बस ड्राइवर को भी तैयार तुरंत तैयार कर दो और बस में अधिक से अधिक फोर्स हथियारों सहित तैयार कर दो।

संतरी : अभी लो सर।

## दृश्य – तीन

(दिल्ली की जी० बी० रोड कुछ दूर चलने पर तारा का होटल है। जिसके सामने टू-विह्लर व कारें खड़ी हैं। होटल के मुख्य द्वार पर ऊपर बोर्ड लगा है – "तारा का होटल शुद्ध वैष्णव"। थानेदार ने गाड़ी कुछ दूर पहले ही खड़ी कर दी। अपनी फ़ोर्स के कुछ आदमी होटल की पिछली गली में भेज दिए और कुछ मुख्य द्वार से अंदर प्रवेश कर गए। होटल में एकदम अफरा-तफरी मच गयी। प्रत्येक व्यक्ति होटल के बाहर जाना चहता था। किन्तु फ़ोर्स इतनी थी कि कोई भी व्यक्ति बाहर नहीं जा सकता था।)

थानेदार : होटल मालिक कौन है?

मालिक : मैं हूँ सर।

थानेदार : क्या नाम है तुम्हारा?

मालिक : ताराचंद सर।

थानेदार : अच्छा, अपने नाम पर ही होटल का नाम रखा है।

मालिक : जी सर।

थानेदार : तुम्हारे होटल में क्या-क्या काम होता है?

मालिक : शुद्ध वैष्णव भोजन खिलाया जाता है।

थानेदार : और कुछ?

मालिक : और कुछ नहीं सर।

थानेदार : होटल में कितने कमरे हैं ?

मालिक : दस सर।

थानेदार : सब कमरों की तलाशी दिलवाओ।

मालिक : चलिए सर।

## अंतराल

थानेदार : हम दस कमरों की जानकारी ले चुके हैं। क्या सभी कमरों में आज कोई यात्री नहीं है ?

मालिक : आज कोई यात्री नहीं सर।

थानेदार : तुम्हारा गोदाम कहाँ है ?

मालिक : हमारे पास कोई गोदाम नहीं है सर।

थानेदार : (हवलदार से) हवलदार।

हवलदार : जी सर।

थानेदार : इनसे गोदाम का पता लगाओ।

हवलदार : जी सर ---(ताराचंद से) हाँ तो ताराचंद अब तुम राजी-ख़ुशी बताते हो या खुराक देनी पड़ेगी?

ताराचंद : मैं सच कह रहा हूँ साहब कोई गोदाम नहीं है।

हवलदार : (ताराचंद की डंडे से पिटाई करता है) अब मुर्गा बन जाओ।

ताराचंद : बताता हूँ सर।

हवलदार : हाँ तो बताओ।

ताराचंद : नीचे है सर, परन्तु वह खाली है।

थानेदार : चलो चलकर खोलो।

ताराचंद : वह खाली है सर।

थानेदार : हमारे साथ चलकर खोलो, यह हम देखेंगे कि खाली है या भरा हुआ।

| | | |
|---|---|---|
| ताराचंद | : | चलो सर। |
| थानेदार | : | चलो। (गोदाम पर जाते हैं।) |
| ताराचंद | : | यह है सर। |
| थानेदार | : | इसका तो ताला बंद है, खोलो इसे। |
| ताराचंद | : | इसकी चाबी मेरे पास नहीं है सर। इसमें कुछ नहीं है सर। |
| थानेदार | : | हवलदार। |
| हवलदार | : | जी सर। |
| थानेदार | : | ताले पर गोली मारकर ताला तोड़ दो। |
| हवलदार | : | जी सर (हवलदार पिस्तौल की गोली चलाकर ताला तोड़ देता है।) लीजिये सर ताला टूट गया। |
| थानेदार | : | कमरा खोलो। |
| हवलदार | : | जी सर (कमरा खोलता है।) |
| ताराचंद | : | (भागता है।) |
| थानेदार | : | पकड़ो इसे। |
| हवलदार | : | भागकर उसे दबोच लेताहै। |
| थानेदार | : | (कमरा खोलता है, आश्चर्य चकित होकर) यह क्या, इस 10x10 के कमरे में 10 लडकियाँ, नीचे जमीन पर नीचे बिछाने के नाम पर बोरियां, इतनी गर्मी और पंखा नहीं और एक मटका पानी और एक गिलास। |
| हवलदार | : | सर इस ताराचंद का क्या करूं ? |
| थानेदार | : | हथकड़ियाँ डालकर दो-तीन सिपाहियों को सौंप दो। |
| हवलदार | : | सर ये लडकियाँ ? |
| थानेदार | : | तुम्हें यहाँ पर किसने बंद किया, तुम्हारा क्या नाम है ? |
| पुष्पा | : | पुष्पा। |

थानेदार : यहाँ अपनी इच्छा से आई हो ?

पुष्पा : (विलाप करते हुए) सर यह जगह क्या अपनी इच्छा से आने की है, हमें आप मुक्ति दिलवा दें साहब।

(सभी लडकियाँ विलाप करने लगती हैं।)

थानेदार : तुम किसी भी प्रकार की चिन्ता मत करो। अब तुम पुलिस के संरक्षण में हो। आओ हमारे साथ चलो। हवलदार।

हवलदार : जी सर।

थानेदार : सभी लड़कियों को गाड़ी में बैठा दो और जो भी आपत्तिजनक सामग्री मिले, उसे भी ले लो।

हवलदार : जी सर। सर पिछले गेट से तीन गुण्डे और मिले हैं, तो भागना चाहते थे। उन्हें भी हमारी फ़ोर्स ने पकड़ लिया है।

थानेदार : ठीक है उन सभी को गाड़ी में बैठाकर थाने ले चलो और इस होटल को सील कर दो।

हवलदार : ठीक है सर। सर, एक रमाबाई नाम की स्त्री भी पिछले दरवाजे से भागती मिली है। उसे भी गिरफ्तार कर लिया है।

थानेदार : वह कौन है ?

हवलदार : सर पता चला है कि यह औरत बहुत ही क्रूर और बेदर्द है। जो मासूम लड़कियों से धंधा करवाती है। और न मानने पर शिकारी कुत्ते जैसे अपने खूंखार गुण्डे छोड़ देती है।

थानेदार : अच्छा, इतनी खतरनाक है।

हवलदार : जी सर।

थानेदार : उसको कड़ी निगरानी में रखो।

## दृश्य – चार

(थाने का दृश्य, कमलेश का शरीर निर्जीव सा हो गया। वह चुपचाप लेट जाती है)

संतरी : यहाँ लेटने की जगह नहीं है।

कमलेश : मुझे चक्कर आ रहे हैं।

संतरी : किस कारण से?

कमलेश : सुबह से कुछ खाया नहीं है।

संतरी : चाय पीने की इच्छा तो नहीं है?

कमलेश : हाँ, चाय के साथ कुछ मिल जाए तो अच्छा है।

संतरी : अभी लाया।

अंतराल

संतरी : (संतरी चाय समोसा लाता है।) यह लो।

कमलेश : धन्यवाद। (खा-पी लेती है। नींद आ जाती है)

## दृश्य – पाँच

(थाने का मुख्य द्वार। पुलिस की एक जीप व एक बस आकर रूकती है। थानेदार, हवलदार व सिपाहियों के अतिरिक्त दस लडकियाँ और ताराचंद होटल मालिक तथा तीन गुंडों को भी बस से उतरा जाता है।)

थानेदार : हवलदार।

हवलदार : जी सर।

थानेदार : उन सभी आरोपियों को लॉकअप में बंद कर दो। प्रात:काल होने पर इन पर मुकदमा दर्ज कर देना और

रिमांड पर ले आना। इनकी खूब सेवा करके जो भी उगलवा सको उगलवा लेना।

हवलदार : और इन लड़कियों को सर ?

थानेदार : गेस्ट हाउस में भेज दो, रात्रि को वहीं पर सो जायेंगी।

हवलदार : जब तक तुम्हारा प्रबंध हो तुम लोग इस कमरे में बैठ जाओ।

कमलेश : (शोर सुनकर उठकर बैठ जाती है) तुम सब आ गईं।

पुष्पा : कमलेश, (प्रसन्न होकर) देख हम सब छूट आयीं, उस गंदगी से।

कमलेश : सब आ गयीं या कोई रह गयी ?

लक्ष्मी : सब आ गईं कमलेश, यह सब तुम्हारी हिम्मत और चतुराई व साहस के कारण हो पाया। यदि पुलिस थोड़ी देर से पहुँचती तो वे लोग हमें इधर-उधर धकेल देते। वे तो सोच ही नहीं पा रहे थे कि पुलिस इतनी शीघ्रता से आ जाएगी। कमलेश तुम्हारा यह उपकार हम जीवन भर नहीं भूलेंगे।

सरोज : मैं तो पाँच वर्ष में पाँच बार भागने का प्रयास कर चुकी हूँ और पकड़े जाने पर हाथ पैर तुड़वा चुकी हूँ।

पुष्पा : प्रयास तो मैंने भी किया, परन्तु सफलता प्राप्त नहीं हो सकी। परन्तु अब एक प्रश्न है।

कमलेश : क्या ?

पुष्पा : यहाँ से अब हम कहाँ जाएँगी?

सरोज : और अब हमारा क्या होगा ?

कमलेश : मेरे अनुमान के अनुसार "नारी संरक्षण गृह" भेजेगी पुलिस। सरकार इस प्रकार की नारियों को ऐसे स्थानों पर ही भेजती है।

पुष्पा : अब तो आधी रात हो चुकी है, अब तो पुलिस प्रात:काल ही हमारे विषय में सोचेगी।

हवलदार : (हवलदार का प्रवेश) तुम्हारा प्रबंध हो गया है, तुम सब मेरे साथ चलो।

कमलेश : कहाँ पर ?

हवलदार : यह बराबर में महिला पुलिस लाइन है । वही महिला गेस्ट रूम में तुम्हारा प्रबंध हो गया है।

कमलेश : क्या वहाँ पर भोजन का प्रबंध भी है।

हवलदार : हाँ, वहाँ पर भोजनालय भी है मैं, वहाँ कह आया हूँ, भोजनालय में तुम्हारे लिए वे भोजन का प्रबन्ध कर रहे हैं।

कमलेश : फिर ठीक है।

हवलदार : क्यों ?

कमलेश : भईया, मैं कई दिन से भूखी हूँ, मुझे दण्ड देने के लिए दरिंदों ने भरपेट भोजन भी नहीं दिया ---(कमलेश रो पड़ती है।)

पुष्पा : हम सबका यही हाल है।

हवलदार : तुम सब चिन्ता मत करो, भर पेट भोजन करना फिर तुम्हें चाय भी दी जाएगी । खा-पीकर आराम से सो जाना । प्रात:काल वहाँ पर स्नानादि करना, कई स्नानघर हैं वहाँ पर।

कमलेश : फिर ठीक है स्नान किये भी कई दिन हो गए।

# दृश्य – छह

(थाने के अंदर का दृश्य। थानेदार का कमरा। सभी लड़कियों को वहाँ पर बुला लिया था। सभी लड़कियों की पेशी हुई।)

थानेदार : संतरी।

संतरी : जी सर।

थानेदार : सभी लड़कियों को एक कमरे में बैठा दो और एक-एक लड़की को मेरे पास भेज दो। सभी के ब्यान ले लेते हैं।

संतरी : जी सर। (लड़कियों से) पहले कौन-सी लड़की जाना चाहेगी?

कमलेश : मैं।

संतरी : ठीक है तुम ही थानेदार साहब के कमरे में जाकर ब्यान दर्ज करा दो।

कमलेश : ठीक है सर। (थानेदार के कमरे में पहुँचकर) में आई कमिन सर।

थानेदार : यश, आ जाओ।

कमलेश : (अंदर प्रवेश) नमस्ते सर।

थानेदार : बैठ जाओ।

कमलेश : थैंकयू सर।

थानेदार : क्या नाम है तुम्हारा?

कमलेश : अमर।

थानेदार : पिताजी का नाम?

कमलेश : श्री जगदीश।

थानेदार : कहाँ की रहने वाली हो?

कमलेश : मेरठ।

थानेदार : आयु?

कमलेश : 21 वर्ष।

थानेदार : कितने भाई-बहन हो ?

कमलेश : दो बहन, एक भाई।

थानेदार : सबसे बड़ा कौन-सा है ?

कमलेश : मैं।

थानेदार : तुमने कभी सोचा है उन दोनों भाई बहन के जीवन पर इसका क्या प्रभाव पड़ेगा ?

कमलेश : उस समय तो नहीं सोचा, पर अब यह सोचने पर विवश हूँ कि मेरी इस भूल का मेरे छोटे-भाई बहन पर कुप्रभाव पड़ सकता है।

थानेदार : जो आज सोच रही हो यदि उस समय सोचती तो कितना अच्छा होता।

कमलेश : सर उस समय मुझे इतना ज्ञान नहीं था। फिर प्रेम अन्धा होता है। उस समय मनुष्य प्रेम में इतना खो जाता है कि उसकी सोचने की शक्ति शून्य पड़ जाती है। प्रेम ऐसा ही होता है सर।

थानेदार : लेकिन जिस स्थान से तुम आई हो वहाँ प्रेम का क्या सम्बन्ध। वहाँ तो केवल पैसों का सम्बन्ध होता है।

कमलेश : वहाँ तो पैसों का सम्बन्ध होता है, परन्तु मुझे वहाँ पहुँचाने के लिए मेरी पृष्ठभूमि प्रेम से ही आरम्भ होती है।

थानेदार : ठीक है फिर बताओ तुम्हारी पृष्ठभूमि क्या है?

कमलेश : ठीक है सर, आप ध्यानपूर्वक सुनिएऔर बताने का कष्ट करें कि मेरी गलती कहाँ पर है।

## फ्लेश-बैक

# दृश्य – सात

(महाविद्यालय का प्रांगण, जहाँ छात्र-छात्राओं की भीड़ है। महाविद्यालय के प्रांगण के अंतिम छोर पर एक पार्क बना हुआ है। उस पार्क में बरगद का एक बहुत पुराना वृक्ष है, जहाँ पर गर्मियों के मौसम में छात्र-छात्राएं बरगद की छाया में बैठकर सूर्य भगवान की गर्म धूप की गर्मी से बचने का प्रयास करते हैं। वहीं प्रति दिन कमलेश और अशोक दोनों सहपाठी और प्रेमी-प्रेमिका आकर बैठ जाते हैं)

अशोक : कमलेश प्रिया।

कमलेश : हाँ बोलो।

अशोक : हम दोनों ने इस महाविद्यालय से बी०एससी० फर्स्ट एवं बी०एससी० सेकंडरी पास किया और सब बी०एससी० थर्ड के अंतिम वर्ष की परीक्षा देने जा रहे हैं। कुछ दिनों में परीक्षा समाप्त हो जाएँगी।

कमलेश : और हमारा विद्यालय में आना-जाना बंद हो जायेगा।

अशोक : और मिलना जुलना भी बंद हो जायेगा।

कमलेश : परन्तु उसके उपरान्त क्या होगा?

अशोक : उसके उपरान्त, जो मंजूरे खुदा होगा, वही होगा।

कमलेश : नहीं अशोक, जो हम चाहेंगे वही होगा।

अशोक : क्या गर्मियों के अवकाश के बाद यहीं पर एम०एससी० में प्रवेश लेने का विचार है क्या?

कमलेश : नहीं।

अशोक : क्यों?

कमलेश : क्योंकि मेरे माता-पिता का आगे पढाने का कोई विचार नहीं है।

अशोक : क्यों ?

कमलेश : क्योंकि वे मेरी शीघ्र ही शादी करना चाहते हैं।

अशोक : ऐसी भी क्या जल्दी है ?

कमलेश : अब तुम बताओ तुम्हारी क्या इच्छा है?

अशोक : तुमसे शादी करने की।

कमलेश : तो कब करोगे, जब मेरी शादी हो जाएगी उस समय?

अशोक : नहीं, परन्तु किस प्रकार से करूँ कुछ समझ नहीं आ रहा।

कमलेश : इसमें समझने की क्या बात है ? अपने माता –पिता से बात करो।

अशोक : वे तैयार नहीं होंगे।

कमलेश : क्यों?

अशोक : क्योंकि हम दोनों विभिन्न जातियों से सम्बन्ध रखते हैं। इसलिए तुम अपने माता-पिता से बात करो।

कमलेश : वे भी नहीं मानेंगे।

अशोक : क्यों ?

कमलेश : विभिन्न जातियों के कारण।

अशोक : फिर क्या करें ?

कमलेश : बस फिर तो एक ही मार्ग है।

अशोक : क्या ?

कमलेश : दोनों भागकर शादी कर लेते हैं।

अशोक : शादी के लिए पैसा चाहिए और भागने के लिए भी।

कमलेश : तुम तो धनी घर के हो, इतना पैसा तो होगा ही।

अशोक : पिताश्री जितनी आवश्यकता होती है उतना ही देते हैं।

कमलेश : फिर कैसे और मैं तुम्हारे ---।

अशोक : वाक्य पूरा करो, अधुरा क्यों छोड़ दिया ?

कमलेश : मैं तुम्हारे बिना नहीं रह सकती।

अशोक : फिर जाकर बात करो ना।

कमलेश : मेरे पिता प्रकांड पंडित हैं, ब्राह्मणवाद में उनका पूर्ण विश्वास है। हाँ माताश्री अवश्य मेरे प्रति उदार हैं। उनसे परीक्षा के उपरान्त अवश्य बात करूंगी।

अशोक : ठीक है प्रिय, अब हम चलते हैं, कल से परीक्षा आरम्भ हो रही हैं, परीक्षा के उपरान्त ही मिलेंगे।

कमलेश : ठीक है, बेस्ट ऑफ लक।

अशोक : सेम टू यू।

## फ्लेश-बैक

## दृश्य – आठ

(महाविद्यालय का प्रांगण, परीक्षा समाप्त हो चुकी हैं। सभी छात्र-छात्राएं आपस में मिलकर पुनः मिलने का वायदा करते हैं। कुछ जा चुके हैं। कुछ एक-दूसरे से विदा ले रहे हैं।

अशोक : हाय कमलेश।

कमलेश : हाय, कमल तुम्हारे पेपर कैसे हो गए?

अशोक : बहुत अच्छे और तुम्हारे?

कमलेश : मेरे भी बहुत अच्छे हो गए।

अशोक : लगता है, मेरी रानी का अब घर पर जाने का विचार है।

कमलेश : तुम भी तो घर जा रहे हो।

अशोक : हाँ, अब कब मिलोगी।

कमलेश : तुम बताओ।

अशोक : मैं चाहता हूँ कि जब हमने शादी करनी ही है तो कर ही लेते हैं।

कमलेश : किस प्रकार से करेंगे।

अशोक : तुम्हारी शादी के लिए तुम्हारे माता-पिता ने कुछ जेवर व पैसे तो जोड़ ही रखे होंगे।

कमलेश : हाँ।

अशोक : और वह सब कुछ तुम्हें अपने साथ ससुराल ले जाने हैं।

कमलेश : हाँ।

अशोक : और शादी के उपरान्त मैं तुम्हारा पति और मेरा घर तुम्हारी ससुराल होगी।

कमलेश : हाँ।

अशोक : बस फिर तो काम बन गया।

कमलेश : कैसे ?

अशोक : तुम वह सामान और पैसे ले आओ।

कमलेश : फिर ?

अशोक : हम दोनों यहाँ से भागकर किसी अन्य बड़े शहर में चलते हैं। वहाँ चलकर शादी कर लेते हैं।

कमलेश : नहीं मुझे भय लगता है।

अशोक : प्रेम करने वाले भयमुक्त होकर प्रेम करते हैं। भययुक्त होकर नहीं।

कमलेश : एक काम करते हैं।

अशोक : क्या ?

कमलेश : मैं अपने माता-पिता से बात करती हूँ और आप अपने माता-पिता से मान गए तो भागने की आवश्यकता ही नहीं पड़ेगी।

अशोक : यदि वे नहीं माने तो ?

कमलेश : मैं तुम्हें फोन से बता दूंगी।

अशोक : फिर क्या होगा ?

कमलेश : फिर हम भागकर कहीं शादी कर लेंगे।

अशोक : यही ठीक रहेगा। तुम मुझे कब बताओगी ?

कमलेश : दो दिन बाद। और तुम ?

अशोक : जब तुम्हारा फोन आएगा उसी समय बता दूंगा।

कमलेश : अच्छा यह ठीक रहेगा। अब चलें।

अशोक : ओके बाई।

## फ्लेश-बैक

## दृश्य – नौ

(कमलेश का घर, एक बड़ी कोठी, बाहर की ओर बैठक, जहाँ कमलेश के पिताश्री व माताश्री बैठे हुए हैं। अचानक वहाँ पर महाविद्यालय से कमलेश पहुँच जाती है।)

कमलेश : नमस्ते पिताश्री।

अमर : नमस्ते बेटी।

कमलेश : नमस्ते माताश्री।

रेणुका : नमस्ते बेटी।

अमर : पेपर ठीक हो गए बेटा।

कमलेश : हाँ पापा जी, बहुर अच्छे हो गए।

अमर : परिणाम कैसा आने की सम्भावना है ?

कमलेश : आपकी बेटी कभी प्रथम श्रेणी से कम आई है भला।

अमर : आखिर बेटी किसकी है।

रेणुका : आज हमारी बेटी के पेपर समाप्त हो गए इसलिए खीर बनाई है।

कमलेश : हाँ भूख भी बहुत जोर की लग रही है, खीर दो मम्मी।

रेणुका : चलो अंदर चलकर खीर देती हूँ।

कमलेश : चलो मम्मी। (दोनों अंदर मकान में आ जाती हैं)

रेणुका : ले खीर खा ले, तुम्हारे पेपर समाप्त हो गए।

कमलेश : हाँ मम्मी।

रेणुका : अब तुम्हारी शादी कर देनी चाहिए।

कमलेश : माँ जल्दी क्या है। अभी मुझे और पढ़ने दो फिर शादी की सोचना।

रेणुका : बेटी तुम्हें पता है कितनी उम्र हो गई। अब रिश्तेदार व मोहल्ले वाले बातें बनाते हैं।

कमलेश : मम्मी लोगों का काम तो बातें करना है। परन्तु हमें तो अपने अनुसार चलना चाहिए।

रेणुका : बेटी तुम्हें बी०एससी० करवादी बहुत है। अब आगे पढना है तो अपने घर पढ़ना। फिर यह भी तो देखो तुम्हारी छोटी बहन भी बराबर की है। उसकी शादी भी करनी है।

कमलेश : ओहो मम्मी आप तो आते ही मेरी शादी के पीछे पड़ गयीं।

रेणुका : बेटी कुछ लड़के देखे हैं, उनके फोटो (लिफ़ाफा देते हुए) इस लिफाफे में हैं जो तुम्हें पसंद हो देखकर बता

दो। जो लड़का पसंद हो उसे तुम्हें देखने को बुला लेते हैं।

कमलेश : मम्मी इतनी जल्दी क्या है ?

रेणुका : तुम्हें जल्दी नहीं, हमें जल्दी है।

कमलेश : यदि इनमें से कोई लड़का पसंद नहीं आया तो ?

रेणुका : क्यों पसंद नहीं आएगा, क्या तुमने कोई और लड़का पसंद कर रखा है।

कमलेश : ऐसा ही समझो।

रेणुका : कौन है वह ?

कमलेश : मेरे साथ पढ़ता है।

रेणुका : कैसा है ?

कमलेश : सुन्दर है।

रेणुका : पढ़ने में कैसा है ?

कमलेश : मेरी तरह सदैव प्रथम श्रेणी में पास होता है।

रेणुका : तुम्हें पसंद है क्या ?

कमलेश : हाँ।

रेणुका : कब से जानती हो ?

कमलेश : तीन वर्षों से।

रेणुका : सिर्फ जानती हो या ----।

कमलेश : तीन वर्षों से हम एक-दूसरे से प्रेम करते हैं।

रेणुका : क्या हमारी जाति का है ?

कमलेश : नहीं।

रेणुका : (क्रोधित होकर) नहीं, तो तीन वर्षों से तुम महाविद्यालय पढ़ने नहीं प्रेम करने जाती रही हो। कान खोल कर सुन लो, हम तुम्हारी शादी अपनी जाति में करेंगे। जाति के

बाहर करके हमें अपनी नाक नहीं कटवानी। वर देखने का काम हमारा है तुम्हारा नहीं। आज से घर से बाहर नहीं जाओगी। अब सीधे घर से ससुराल ही जोओगी। सुना----आज से पढाई बंद। ससुराल जाने की तैयारी करो और आज के बाद उस लड़के के बारे में सोचना भी नहीं।

कमलेश : मम्मी मेरी बात तो सुनो।

रेणुका : सुनाओ।

कमलेश : मैं उस लड़के से बहुत प्रेम करती हूँ, मैं उसके बिना नहीं रह सकती।

रेणुका : उसके बिना रहना सीखो, यदि तुम्हारे पिताश्री को पता चलेगा तो वह तुम्हारी हड्डी-पसली तोड़ देंगे और मैं नहीं चाहती उनको पता चले।

## फ्लेश-बैक

# दृश्य – दस

(कमलेश का घर, कमलेश के माता-पिता किसी कार्यक्रम में किसी मित्र के घर गए हैं। कमलेश के भाई-बहन टीवी पर अपने मनपसन्द कार्यक्रम देख रहे हैं। कमलेश मौके का फायदा उठाकर अशोक से मोबाइल पर बात करती है।)

कमलेश : हेलो ---हेलो ----।

अशोक : हेलो ---कमलेश रानी मैं तो तुम्हारे फोन की ही प्रतीक्षा कर रहा था। क्या रहा ?

कमलेश : मैंने माताश्री से बात की थीं, वे बहुत क्रोधित हैं। मेरे घर से निकलने पर पूर्ण रूप से प्रतिबंध है। क्या तुमने अपने माता-पिता से इस विषय में बात की?

अशोक : की थी।

कमलेश : फिर उनका क्या उत्तर रहा ?

अशोक : वे अंतर्जातीय विवाह के विरुद्ध हैं। अब तुम बताओ क्या करना है ?

कमलेश : मैं नहीं, तुम ही बताओ क्या करना है ?

अशोक : क्या मुझ पर विश्वास है ?

कमलेश : विश्वास तो है परन्तु यह बताओ क्या मुझसे शादी करोगे?

अशोक : क्यों नहीं, जब मेरी प्रेमिका तुम हो तो शादी किसी और से क्यों करूँगा ?

कमलेश : कब करोगे ?

अशोक : अवसर की तलाश है जैसे ही अवसर मिलेगा तुरंत करूँगा।

कमलेश : धोखा तो नहीं दोगे ?

अशोक : कैसी बात करती हो, तीन वर्षों में कभी धोखा दिया है। सदैव नोट्स बनाकर तुम्हें देता रहा हूँ और किसी को तो नहीं दिए। क्योंकि मैं तुमसे प्रेम करता हूँ।

कमलेश : वह बात अलग है, यह बात और है।

अशोक : अच्छा यह बताओ इस समय तुम्हारे घर पर कौन-कौन हैं?

कमलेश : छोटा भाई, बहन।

अशोक : मम्मी-पापा कहाँ पर हैं ?

कमलेश : बताया तो था एक कार्यक्रम में गए हैं।

अशोक : इससे अच्छा अवसर और क्या मिलेगा।

कमलेश : कैसे ?

अशोक : घर से जो भी आभूषण व रुपया मिले लेकर एक-दो जोड़ी कपड़े एक थैले में रखकर चली आओ।

कमलेश : थैला ही क्यों अटैची क्यों नहीं ?

अशोक : क्योंकि अटैची देखकर लोग समझेंगे कि कहीं शहर से बाहर जा रही है। थैला देखकर समझेंगे कि बाजार से सामान लेकर आयी है या लेने जा रही है।

कमलेश : ठीक है समझ गयी। अब किस समय और कहाँ मिलना है?

अशोक : तुम तुरंत घर से रूपये व आभूषण लेकर रोडवेज बस अड्डे , बूथ नम्बर 420 पर मिल जाना। मैं भी वहीं आ रहा हूँ।

कमलेश : (अलमारी में से एक लाख रूपये लेकर चल देती है। (स्वकथन – पिताश्री माताश्री क्षमा करना, आप मेरी शादी अशोक से करेंगे नहीं और मैं अशोक के बिना रह नहीं सकती ।इसलिए मैं स्वयं उससे शादी करने जा रही हूँ।) ललित, मनीषा ----(आवाज लगाती है।)

ललित : हाँ दीदी।

कमलेश : क्या कर रहे हो तुम लोग ?

ललित : टीवी पर रामायण देख रहे हैं।

कमलेश : मैं बाजार से सब्जी लेने जा रही हूँ, माताश्री कह गयीं थीं। तुम अंदर से दरवाजा बंद करके कुंडी लगा लेना। मैं जल्दी वापिस आती हूँ।

ललित : ठीक है दीदी , आप जाओ मैं कुंडी लगा लेता हूँ।

# दृश्य – ग्यारह

(दिल्ली आई०एस०बी०टी० का दृश्य, देश के विभिन्न भागों से बसें आ रही हैं और जा रही हैं। अशोक – कमलेश वहाँ पर बस से उतरते हैं।)

अशोक : (बस से उतरने के उपरान्त) लो हम मेरठ से काफी दूर आ गये हैं। अब हमें कोई चिन्ता नहीं।

कमलेश : आ तो गए अब शाम होने वाली है, रात को कहाँ रुकना है, इसका प्रबंध करो।

अशोक : वह भी हो जायेगा चिन्ता ना करो। कुछ पैसा या आभूषण लायी हो?

कमलेश : आभूषण कहीं नहीं मिले घर में, एक लाख रूपये मिले हैं, वह ले आई हूँ।

अशोक : लाओ वह मुझे दो।

कमलेश : क्यों?

अशोक : क्योंकि यहाँ होटल आदि स्थानों पर जो बिल चुकाने हैं वह मेरे द्वारा चुकाए जाने हैं यदि तुम दोगी तो लोगों को संदेह हो जायेगा।

कमलेश : ठीक है मैं समझ गयी, यह लो।

अशोक : हम कहीं होटल आदि में रुकते हैं तो तुम्हें अपने आपको मेरी पत्नी ही बताना है।

कमलेश : ठीक है मैं समझ गयी, परन्तु शादी कब करोगे?

अशोक : यहाँ आये हैं, दो-चार दिन में हो जाएगी। चिन्ता क्यों करती हो?

कमलेश : ठीक है जल्दी चलो मैं विश्राम करना चाहती हूँ।

अशोक : मेरी रानी थक गयी क्या?

कमलेश : हाँ।

अशोक : अच्छा चलो।

# दृश्य – बारह

(होटल का दृश्य, कमलेश व अशोक होटल के 420 कमरे में रुके हुए हैं। आज उन्हें 15 दिन वहाँ पर रुके हुए हो गए। होटल का मालिक पैसे मांगता है।)

मालिक : क्या नाम है आपका ?

अशोक : कमल।

मालिक : हाँ कमल जी, आज आप बिल चुकता कर दें।

अशोक : लेकिन अभी तो हम यहीं पर हैं।

मालिक : देखिए आपके अनुसार प्रत्येक पाँच दिन बाद पैसे देने हैं।

अशोक : हाँ तो पीछे दो बार तो मैं दे चुका हूँ।

मालिक : हाँ तो फिर आज तीसरी बार भी दे दो। जब बीस दिन हो जाएँ तो चौथी बार दे देना।

अशोक : ठीक है, मैं समझ गया। कितना बिल हुआ पाँच दिन का?

मालिक : वही 19000/- रूपये।

अशोक : यह लो।

मालिक : ठीक है, शेष अगले पाँच दिन बाद।

# दृश्य – तेरह

(होटल का दृश्य, कमरा नम्बर 420। अशोक व कमलेश बातें कर रहे हैं।)

कमलेश : अशोक।

अशोक : जी रानी।

कमलेश : हमें इस होटल में आज 25 दिन हो चुके हैं।

अशोक : ज्ञात है।

कमलेश : और भी कुछ ज्ञात है क्या ?

अशोक : क्या ?

कमलेश : यही कि हम लोग घर से भाग कर क्यों आये हैं ?

अशोक : शादी करने।

कमलेश : तो दिल्ली का ही भ्रमण करते रहोगे या शादी भी करोगे?

अशोक : कब?

कमलेश : मेरे माता-पिता चुप बैठने वाले नहीं हैं। यदि उन्हें पता चल गया और हम यहाँ पकड़े गए तो फिर क्या होगा ?

अशोक : मैं प्रयास तो कर रहा हूँ।

कमलेश : मुझे पता नहीं आज तक की पेमेंट करके, शादी करने का प्रबंध करो, वरना मैं नाराज हो जाउंगी, पैसे भी समाप्त होने वाले हैं।

अशोक : ठीक, नीचे काउन्टर पर आज तक की पेमेंट करके, नीचे से ही चला जाता हूँ। सांयकाल तक प्रबंध करके आ जाऊंगा, तुम चिन्ता मत करना।

कमलेश : आज शादी का प्रबंध करके ही वापिस आना।

अशोक : ठीक है , ओके।

# दृश्य – चौदह

(होटल का दृश्य, कमरा नम्बर 420। कमलेश स्नानादि करने के उपरांत नीचे भोजनकक्ष में भोजन के लिए पहुँच जाती है।)

कमलेश : (वेटर से) क्या खाना तैयार हो गया ?

वेटर : जी हाँ मेम साहब, क्या लाऊँ ?

कमलेश : हाँ , ले आओ।

वेटर : (खाना ले आता है) यह लीजिये मेम साहब।

कमलेश : ठीक है तुम जाओ।

वेटर : किसी चीज की आवश्यकता हो तो बता देना।

कमलेश : ठीक है।

वेटर : आपके साहब चार दिन से नहीं आ रहे हैं। कहीं गए हैं क्या?

कमलेश : एक आवश्यक कार्य से गए हैं, आज शाम तक आ जायेंगे। कुछ काम था क्या ? पेमेंट तो करके गए हैं ना?

वेटर : हाँ, वह तो कर गए अब तो कल करनी है।

कमलेश : हाँ तो आज शाम या कल सुबह तक आ जायेंगे। होटल की पेमेंट समय पर हो जाएगी आप चिन्ता न करें।

वेटर : मैं इस विषय में चिन्ता नहीं कर रहा बस मैं तो पूछ बैठा।

कमलेश : ठीक है अब तुम जाओ। (स्वकथन – आज पांचवां दिन है अशोक को गए हुए। ना उसने कोई फोन किया है और अपने फोन का भी स्विच बंद कर रखा है। लगता है 20-25 दिन मेरे पैसों से ही मेरे साथ मौजमस्ती कर, आगे की समस्या से मुँह मोड़कर, मुझे अकेली निराश्रय

बिना शादी किये भाग गया है। चार दिन प्रतीक्षा करते हो गए, अब कल होटल की पेमेंट करनी है। एक लाख रूपये थे जो अशोक ने ले लिये शायद वे समाप्त हो गए होंगे इसलिए वह मुझे मझधार में छोड़ गया । इसका अर्थ है अशोक को मुझसे नहीं मेरे शरीर से प्रेम था। दोनों को लूटकर भाग खड़ा हुआ। शादी के नाम पर आज-कल करके मुझे रोज दिलाशा दिलाता रहा। इस समय मैं क्या करूँ ? मुझे यहाँ से भाग जाना चाहिए । कल होटल मालिक पेमेंट मांगेगा तो मैं कहाँ से दूंगी? वह पुलिस में फँसा देगा फिर क्या होगा ? अपने घर जाना भी उचित प्रतीत नहीं होता। माता-पिता क्या घर में जाने की अनुमति देंगे। चल कमलेश अपना थैला उठाकर, यहाँ से तो भाग आगे जो होगा देखा जायेगा।)

वेटर : (अचानक आ जाता है) और कुछ मेमसाहब ?

कमलेश : नहीं, अच्छा मैं बाजार जा रही हूँ, कुछ सामन लेने। यह मेरे कमरा नम्बर 420 की चाबी है, अशोक साहब मुझसे पहले आ जाएँ तो उन्हें दे देना।

वेटर : ठीक है मेम साहब।

## दृश्य – पन्द्रह

(दिल्ली का रेलवे स्टेशन, स्टेशन का मुख्य द्वार,यात्री मुख्य द्वार से बाहर आ रहे हैं। स्टेशन के बाहर सड़क पर रिक्शा, ऑटो रिक्शा व टेक्सी खड़ी हुई हैं। जो यात्रियों को ले जाने और छोड़ने का काम कर रही हैं। कमलेश ऑटो से उतरती है और बड़ी तेजी से मुख्य द्वार में प्रवेश कर जाती है। सामने एक रेलगाड़ी सीटी देती है, उसी में भागकर चढ़ जाती है।)

कमलेश : (स्वकथन - हे भगवान, मुझे भय था कि शायद होटल वाले मेरे पीछे तो नहीं आ रहे, आ जाते तो मैं क्या करती ? क्योंकि वे बकाया बिल मांगते और मेरे पास पैसे नहीं हैं। जान बची लाखों पाए। परन्तु यह रेलगाड़ी कहाँ पर जा रही है, मुझे तो यह भी पता नहीं और फिर टिकट भी नहीं, अब मैं दिशाहीन जा रही हूँ। पता नहीं आगे क्या होगा। अशोक धोखा देकर चला गया, तीन वर्ष मेरे साथ खूब रंग रलियाँ मनाई, शादी का वायदा करता रहा और आज क्या किया। अब मुझे अपने ऊपर विजय प्राप्त करनी है। जो सबसे बड़ी विजय होगी। उसी समय डिब्बे में टीटी आ गया। )

कमलेश : (स्व कथन – यह टीटी तो मेरी ओर ही आ रहा है और मेरे पास टिकट भी नहीं है और ना ही किराया देने के लिए पैसे हैं। क्या करूं मेरे पास सामान तो है नहीं, सामन के नाम पर केवल एक थैला है। क्यों न शोचालय में जाकर छुप जाऊं। हाँ---यही ठीक रहेगा। यह ट्रेन भी चली जा रही है, रूक ही नहीं रही दो घंटे हो गए, शोचालय की बदबू कब तक लेती रहूँ। ट्रेन तो रूक गयी, लगता है कोई बड़ा शहर है। मुझे यहीं पर उतर लेना चाहिए।)

रमाबाई : बेटी धीरे से उतरो अन्यथा गिर जाओगी।

कमलेश : धीरे से ही उतर रही हूँ।

रमाबाई : लगता है बड़ी जल्दी में हो , जैसे तुम भय से ग्रसित हो। क्या भय है ?

कमलेश : पहले उतर तो जाने दो।

रमाबाई : लो अब तो उतर गई बेटी, अब बताओ क्या बात है ? तुम्हारे चेहरे पर एक चिन्ता, एक भय स्पष्ट दिखाई दे रहा है, यदि कोई बात हो तो मुझे बताओ।

कमलेश : कोई ऐसी बात नहीं।

रमाबाई : कहाँ जाओगी ?

कमलेश : मैं चली जाउंगी।

रमाबाई : वह तो मैं जानती हूँ तुम चली जाओगी, परन्तु कहाँ क्या मैं तुम्हारी कोई मदद कर सकती हूँ?

कमलेश : नहीं।

रमाबाई : तुम्हारा सामन कहाँ है ?

कमलेश : (हाथ में थैला दिखाकर) यह रहा।

रमाबाई : बस यही सामन है।

कमलेश : हाँ।

रमाबाई : इस स्टेशन का नाम पता है, जहाँ तुम उतरी हो ?

कमलेश : नहीं।

रमाबाई : तो फिर जाओगी कहाँ ?

कमलेश : जी---जी।

रमाबाई : देखो मैं जान गयी हूँ तुम किसी परेशानी में हो, यदि ऐसा है तो मैं तुम्हारी सहायता करना चाहती हूँ। मेरी अपनी भी लडकियाँ हैं, जब तक तुम्हारा कोई प्रबन्ध नहीं हो जाता है तुम मेरे साथ चलो। जब तुम्हार प्रबंध हो जाए चली जाना।

कमलेश : अच्छा अंटी यह बताओ इस शहर का नाम क्या है ?

रमाबाई : नई दिल्ली। तुमने टिकट किस स्थान की ली है ?

कमलेश : मैं टिकट नहीं ले पाई। परन्तु दो घंटे चलने के उपरांत भी ---- ।

रमाबाई : मैं समझ गई तुम्हें कुछ ज्ञात नहीं। यह परिक्रमा ट्रेन है, अर्थात प्रात: से सांयकाल तक दिल्ली की परिक्रमा करती रहती है। अच्छा अब तुम मेरे घर चलो, मेरे साथ रहना, जब तुम्हारा प्रबन्ध हो जाए चली जाना।

कमलेश : मैं तुम्हारे साथ चलकर क्या करूंगी?

रमाबाई : देखो यदि पढ़ी-लिखी हो तो तुम्हारी नौकरी लगवा दूंगी। कितनी पढ़ी-लिखी हो ?

कमलेश : बी०एससी० ।

रमाबाई : फिर तो तुम्हारी कहीं सरकारी नौकरी लगवा दूंगी।

कमलेश : सच अंटी।

रमाबाई : हाँ –हाँ क्यों नहीं, जब लग जाएगी तो स्वयं ही देख लेना। अब घर चले बाकि बातें घर चलकर ही करेंगे।

कमलेश : ठीक है अंटी चलो।

**( फ्लैश बैक समाप्त)**

(थाने का दृश्य, थानेदार कमलेश का बयान ले रहे हैं।)

कमलेश : थानेदार साहब, ट्रेन में ही उस रमाबाई की दृष्टि मुझ पर पड़ गयी लगता है, जो अपने शिकार के लिए इसी प्रकार से दिल्ली की ट्रेनों में सफर करती रहती है। मुझे बहला फुसलाकर, मुझे बेटी बनाकर अपने घर ले गई। कई दिनों तक मेरी अच्छी सेवा की और मुझे सब्जबाग दिखाकर, जिंदा मांस के दलालों के हाथ बेच दिया। जहाँ वह पल पल लुट व मर रही थीं और अवसर मिलते ही मैं वहाँ से भागकर अब आपकी शरण में हूँ साहब।

थानेदार : उन लोगों ने तुम्हारे साथ किस प्रकार का व्यवहार किया ?

कमलेश : धंधा न करने की जिद के कारण उन गुण्डों से इतनी मार खा चुकी हूँ कि शरीर का पोर-पोर प्रत्येक क्षण चीसता रहता है। कई दिनों से भर पेट भोजन भी नहीं मिला था। केवल इतना ही भोजन वे लोग देते कि मैं मर न सकूँ। उसके बाद भी धंधे में अधमरी सी झोंकी जाती रही। उसके साथ-साथ अन्य लडकियाँ भी मुझे समझाती रहती थीं कि चुपचाप नियति स्वीकार कर ले, इसके अतिरिक यहाँ पर कोई उपाय नहीं है। परन्तु मैं इस बात को लेकर कोई समझौता करने को तैयार नहीं थी।

थानेदार : अशोक के प्रति तुम्हारा क्या दृष्टिकोण है ?

कमलेश : अशोक से बदला लेना मेरे जीवन की प्रथम प्राथमिकता है, उसे मैं छोडूंगी नहीं।

थानेदार : हमने सभी लड़कियों के घर के पते व फोन नम्बर ले लिए हैं। अब तुम भी अपने माता-पिता का नाम पता व फोन नम्बर दे दीजिये।

कमलेश : किसलिए ?

थानेदार : हम सबको सूचित कर रहे हैं कि आपकी लड़की यहाँ पर है, उसे आकर ले जाइये।

कमलेश : ठीक है सर (एक कागज पर लिखती है।) लीजिये सर।

थानेदार : अभी मैं तुम्हारे पिताजी को फोन द्वारा सूचित करता हूँ, क्या नाम बताया तुमने अपने पिता जी का बताया अपने पिताजी का।

कमलेश : श्री अमरनाथ।

थानेदार : ठीक है मैं अभी बात करता हूँ।

कमलेश : जी।

थानेदार : (अमर को फोन मिलाता है , घंटी जाती है)---हेलो --- हेलो ---।

अमर : ---हेलो ---हेलो ---हेलो---मैं बोल रहा हूँ अमर आप कौन बोल रहे हैं ?

थानेदार : मैं दिल्ली पुलिस स्टेशन से S ।H ।O । बोल रहा हूँ, क्या आप अमर बोल रहे हैं ?

अमर : जी हाँ।

थानेदार : क्या लड़की गुम हुई है ?

अमर : गुम नहीं हुई बल्कि एक लड़के के साथ भागी है।

थानेदार : देखिए आपकी लड़की कमलेश इस समय हमारे थाने में है, आप आकर ले जाइये।

अमर : उसने भागकर हमारी नाक कटवा दी, उधर लड़की को देखने आने वाले थे और वह घर से भाग गयी। एक पिता की मानसिक व सामाजिक स्थिति कैसी हो सकती है आप समझ सकते हैं।

थानेदार : देखिए उससे गलती हो गई उसे क्षमा करके उसे यहाँ से ले जाइये।

अमर : गलती अनजाने में होती है, जो जानबूझकर की जाए वो गलती नहीं होती।

थानेदार : फिर आप अपनी बेटी को लेने कब आ रहे हैं ?

अमर : कभी नहीं।

थानेदार : क्या आप अपनी बेटी से प्यार नहीं करते ?

अमर : प्यार था, पर अब नहीं।

थानेदार : बच्ची है बच्चों से गलती हो जाती है परन्तु बड़ों का काम होता है उन्हें क्षमा करना।

अमर : मैं उसे कभी क्षमा नहीं करूँगा।

थानेदार : क्यों ?

अमर : सर हमारा परिवार कभी भी उसे स्वीकार नहीं करेगा।

थानेदार : परन्तु क्यों ?

अमर : क्योंकि मुझे अपनी दूसरी बेटी की शादी करनी है। वह कुलकलंकनी तो हमारे लिए मर गई। कृपा करके उसे हमारे घर ना भेजें, हमारी पहले ही बहुत बदनामी हो चुकी है।

थानेदार : तुमने समस्त बातें अपने पिताजी की सुन लीं, अब बताओ तुम कहाँ जाना चाहती हो ?

कमलेश : सर दिल्ली में कोई परिचित या रिश्तेदार नहीं है। (विलाप करना आरम्भ कर देती है)

थानेदार : अब विलाप करने से कोई लाभ है, जैसी करनी वैसी भरनी। अब अपने भविष्य के बारे में सोचिये।

कमलेश : सर मेरा भविष्य तो अब अंधकारमय है , कारण, मैंने नादानी न की होती और अशोक की चिकनी-चुपड़ी बातों में न आई होती तो मेरा सुखी संसार तो न उजड़ता । बी०एससी० के बाद एम०एससी० की तय्यारी कर रही होती और फिर किसी अच्छे घर की बहू बनती। (विलाप करते हुए) माता-पिता की बहुत दुलारी बेटी, आज उनके लिए सबसे अधिक घृणा की पात्र बन गयी है । माता-पिता, प्रिय भाई-बहन छूट गए, सर्वस्व लुट चुका है। आखिर मैं जीवित क्यों हूँ ---मैं मर जाना

चाहती हूँ ---मैं मर जाना चाहती हूँ (मरने का उपक्रम करती है)।

थानेदार : यह क्या कर रही हो तुम आत्महत्या करना पाप है। यदि तुमने आत्महत्या करने का प्रयास किया तो तुम पर आत्महत्या का केस दर्ज हो जायेगा और इस पर न्यायालय द्वारा तुम्हें दण्ड भी दिया जा सकता है फिर तुम क्या करोगी।

कमलेश : सर अब मैं क्या कर सकती हूँ अब जीवन बनना असम्भव है।

थानेदार : मेरे शब्दकोश में असम्भव शब्द नहीं है। अर्थात प्रत्येक कार्य सम्भव है।

कमलेश : परन्तु इन परिस्थितियों में मैं क्या कर सकती हूँ? मुझ जैसी निराश्रित लड़की को अब आप कहाँ भेजेंगे ?

थानेदार : नारी संरक्षण गृह में तुम्हें और बाकी लड़कियों को भेजा जायेगा। कुछ लड़कियों के अभिभावक उन्हें ले जा चुके हैं।

कमलेश : कितनी सौभाग्यशाली हैं वे लडकियाँ जिनके अभिभावक उन्हें घर ले जा चुके और मैं ----।

थानेदार : तुम्हें अभी बाकि लड़कियों के साथ नारी संरक्षण गृह में छोड़ आयेंगे।

कमलेश : क्या हम वहाँ सुरक्षित रहेंगी?

थानेदार : वहाँ जाकर देख लेना।

# दृश्य – सोलह

(नारी संरक्षण गृह का भवन, अच्छा बड़ा मुख्य द्वार, अंदर सबसे पहले संचालिका का कार्यालय, उसके अंदर 20 कमरे हैं, प्रत्येक में तीन-तीन लडकियाँ। एक भोजनालय, एक भोजन करने का हाल, स्नानघर, शोचालय कहने के लिए सबकुछ है, परन्तु गन्दगी ऐसी कि शायद सात दिन में एक दिन सफाई होती है।)

संचालिका : क्या नाम है तुम्हारा?

कमलेश : कमलेश

संचालिका : तुम यहाँ क्या काम कर सकती हो?

कमलेश : जो मेरे योग्य होगा।

संचालिका : वैसे तो स्मार्ट भी हो सुंदर भी हो।

कमलेश : कार्य से सुन्दरता का क्या मतलब?

संचालिका : यहाँ पर जो लड़की जितनी सुन्दर होती है, उतनी ही कामयाब होती है।

कमलेश : अच्छा यह तो मुझे आज ही ज्ञात हुआ है, परन्तु मैडम एक बात कहूँ।

संचालिका : कहो।

कमलेश : सुन्दर तो तुम भी कम नहीं हो, इसका अर्थ हुआ कि इसीलिए आप कामयाब है।

संचालिका : मुझसे क्या लेना-देना तुम्हें।

कमलेश : जिस प्रकार आपको मुझसे।

संचालिका : संचालिका मैं हूँ या तुम।

कमलेश : मैडम संचालिका तो आप ही हैं, परन्तु यह सुन्दरता का राज समझ में नहीं आया।

संचालिका : धीरे-धीरे सब कुछ समझ में आ जायेगा।

कमलेश : कब समझ में आएगा।

संचालिका : तुम आज ही कहो तो तुम्हें आज ही समझा दूँ।

कमलेश : अरे वाह, क्यों नहीं आज ही समझ दो।

संचालिका : ठीक है आज सांय इस शहर के प्रसिद्ध नेता जी की गाड़ी तुम्हें लेने आएगी, उस गाड़ी में बैठकर उनके साथ चली जाना। वह गाड़ी कल सुबह तुम्हें यहाँ छोड़ जाएगी।

कमलेश : वहाँ मुझे रात को क्या करना है ?

संचालिका : नेता जी अपने आप समझा देंगे और हाँ उनके साथ नाटक मत करना वरना वे कोई भी आरोप लगाकर गिरफ्तार भी करवा सकते हैं।

कमलेश : इसका अर्थ हुआ कि एक गंदगी को छोड़ कर दूसरी गंदगी में आ फंसी हूँ।

संचालिका : यह तुम्हें गंदगी दिखाई दे रही है?

कमलेश : शायद।

चपरासी : (चपरासी का प्रवेश) मैडम जी राजवन्ती को बड़े जोरों से प्रसव वेदना हो रही है, जल्दी कुछ करो।

संचालिका : मैं क्या कर सकती हूँ?

चपरासी : यदि आप कहें तो अस्पताल ले जाऊं?

संचालिका : नहीं-नहीं वहाँ मत ले जाना, नहीं तो मामला खराब हो जायेगा।

चपरासी : क्यों ?

संचालिका : क्योंकि एक वर्ष से राजवन्ती नारी संरक्षण गृह में हमारे संरक्षण में है, फिर यह अविवाहित है, पुलिस केस बन

सकता है कि हमारे संरक्षण में रहते हुए यह गर्भधारण किस प्रकार से हो गया।

चपरासी : मैडम आप ही तो उसे रात को नेताओं व अधिकारीयों के पास भेजा करती थीं। इसका क्या दोष ?

संचालिका : अपनी जुबान बंद रखो, यहाँ नौकरी करनी है या नहीं।

चपरासी : ठीक है मैडम।

कमलेश : हाँ तो मैडम यह क्या राज है कि एक अविवाहिता लड़की आपके संरक्षण में गर्भधारण कर लेती है, यहाँ गंदगी नहीं तो और क्या है ?

चपरासी : मैडम बुरा हुआ।

संचालिका : अब क्या हुआ ?

चपरासी : राजवन्ती तड़प-तड़प कर मर गई।

संचालिका : तुम चिन्ता मत करो।

चपरासी : पुलिस आएगी मेडिकल होगा, फिर क्या होगा?

संचालिका : तुम अपनी नौकरी करो यह सोचना मेरा काम है।

कमलेश : मैडम मेरे लिए क्या आज्ञा है ?

संचालिका : तुम आराम करो फिर बात करूँगी।

(नारी संरक्षण गृह का कार्यालय। एक सरकारी पुलिस का आदमी आता है और एक लिफ़ाफा देकर चला जाता है।)

चपरासी : मैडम एक पुलिस का आदमी आया था, यह लिफ़ाफा देकर चला गया।

संचालिका : लाओ। (खोलकर देखती है) गुड।

चपरासी : क्या है मैडम ?

संचालिका : राजवन्ती की मेडिकल व पुलिस रिपोर्ट।

चपरासी : क्या लिखा है ?

संचालिका : मेडिकल रिपोर्ट में लिखा है कि राजवन्ती को हार्टअटैक हो जाने के कारण मृत्यु हो गई और पुलिस ने उसकी पुष्टि की है।

चपरासी : अच्छा हुआ आपकी जान बची।

संचालिका : मैंने तुमसे कहा था कि तुम अपनी नौकरी करो। अब राजवन्ती के दाह संस्कार का प्रबन्ध करो।

चपरासी : (नारी संरक्षण गृह की समस्त नारियों का सूचित करता है) आपकी सहपाठी राजवन्ती का हार्ट अटैक के कारण स्वर्गवास हो गया है। सांय चार बजे उसका दाह संस्कार है, सभी को वहाँ चलकर राजवन्ती को श्रद्धांजलि देनी है।

कमलेश : (चपरासी से) नहीं ये गलत है। राजवन्ती की मृत्यु हार्टअटैक के कारण नहीं बल्कि अविवाहिता के गर्भ में बच्चा था, प्रसव वेदना के समय उसे कोई उपचार न मिलने के कारण मृत्यु हुई है। यह मृत्यु नहीं, हत्या है हत्या।

चपरासी : मैडम आप चुप रहो तो अच्छा है। वरना आपका भी यही हश्र होगा, आप देख ही चुकी हो।

कमलेश : ठीक है पहले राजवन्ती का दाह संस्कार करवाते हैं। (स्वकथन – आज मेरा मन नारी संरक्षण गृह से घृणा करता है। इस प्रकार के जीवन से तो मृत्यु ही अच्छी। राजवन्ती इस गंदगी से दूर चली गई, अच्छा ही हुआ।)

# दृश्य – सत्रह

(नारी संरक्षण गृह का दृश्य। नारी संरक्षण गृह में कमलेश का कमरा। कमलेश अपने कमरे में रात्रि को सो रही है। रात्रि को तबियत खराब होती है उसे चक्कर आते हैं और उलटी होने को होती है। वह भागकर वाशवेसन पर जाती है और उलटी करती है। माथे पर दोनों हाथ रखती है। कुछ देर उपरांत सामान्य होने पर पुन: अपने बिस्तर पर आकर लेट जाती है।)

कमलेश : (स्वकथन – यह क्या हुआ मुझे यह तो पूरे लक्षण गर्भवती होने के हैं। इसका अर्थ हुआ कि मैं गर्भवती हो चुकी हूँ। अवश्य यह अशोक का पाप है या तारा होटल के गुंडों का? किसी का भी हो आखिर कुंआरी माँ तो मैं बन ही जाऊँगी ना। फिर कल ही नारी संरक्षण गृह में राजवन्ती भी कुआरी ही गर्भवती थी। यहाँ किसी ने उसकी देखभाल भी नहीं की। इसका परिणाम हुआ बिना चिकित्सा सहायता मिले उसने तड़प –तड़प कर दम तोड़ दिया। इसका अर्थ हुआ कि मैं भी इसी प्रकार से बेमौत मर जाऊँगी।

क्या सोचा था क्या हो गया। कितने वायदे किये थे अशोक ने। शादी के सब्जबाग दिखाए थे और आज इस गन्दगी में झोंककर भाग खड़ा हुआ। अब इस जीवन और इस गंदगी से किस प्रकार छुटकारा मिले? इस प्रकार से दिन निकल आया कमलेश उदास रही।)

पुष्पा : कमलेश।

कमलेश : हूँ।

पुष्पा : एक बात पूछूं?

कमलेश : बोलो?

पुष्पा : तुम आज प्रातःकाल से ही उदास और निराश हो क्या कारण है ?

कमलेश : कुछ नहीं, मैं ठीक हूँ।

पुष्पा : नहीं, आज तुम ठीक नहीं हो, तुम्हारा चेहरा बता रहा है।

कमलेश : बस मैं भविष्य के बारे में सोच रही हूँ। मुझे रोना आता है।

पुष्पा : अब जब इस गंदगी में आ ही पड़ी है , तब रोना क्या और हँसना क्या ? अब जैसा हमने किया उसका परिणाम तो भुगतना ही पड़ेगा ।क्या मैं संचालिका से कहूँ कि तुम्हारी तबियत ठीक नहीं है ?

कमलेश : नहीं, जो राजवन्ती मरने को तैयार थी जब उसे नहीं दिखाया तो मुझे क्या दिखायेगी ?

पुष्पा : फिर सिर दबाऊं?

कमलेश : नहीं।

पुष्पा : आओ फिर कुछ खा लो।

कमलेश : भूख नहीं है, मैं अकेली रहना चाहती हूँ, मुझे अकेला छोड़ दो।

पुष्पा : ठीक है फिर सो जाओ।

## दृश्य – अठारह

(नारी संरक्षण गृह रात्रि का समय, सभी लडकियाँ अपने-अपने कमरों में सो रही हैं। कमलेश जाग रही है।)

कमलेश : (स्वकथन – अब मेरा जीवन बर्बाद हो चुका है, कहाँ मैंने बी०एड० करके एक अच्छी अध्यापिका दूसरों का जीवन उज्ज्वल करने की सोची थी, परन्तु दूसरों का जीवन तो क्या करती अपना जीवन ही अन्धकार में डाल लिया। मुझे जीने का अब कोई अधिकार नहीं है। मैं मरना चाहती हूँ , किस प्रकार से मरूं----यही ठीक रहेगा। जब मरना ही है तो देर नहीं करनी चाहिए ---चल कमलेश उठ। सब सो रहे हैं किसी को पता भी नहीं चलेगा ----मैं मरती हूँ, चल उठ ---चल उठ।)

कमलेश बिस्तर से उठकर भवन की तीसरी मंजिल पर चली जाती है और वहाँ से भवन की चौक की तरफ छलांग मार देती है।) हाय-हाय।

पुष्पा : (स्वकथन - यह क्या, धम जैसी आवाज ----लगता है ऊपर से कोई गिरा है। फिर हाय-हाय, यह तो कमलेश की आवाज है तुरंत देखती हूँ। कमरा खोलकर बाहर आ जाती है।) अरे कमलेश---कमलेश---कमलेश क्या हुआ किस प्रकार से गिर गई ?

कमलेश : हाय ---हाय---हाय।

पुष्पा : अरे इसके शरीर से तो रक्त बह रहा है। सारी सलवार भी खून से लथपथ हो गयी है।(आवाज मारती है) सब लडकियाँ, मैडम जल्दी आओ। देखो कमलेश छत पर से गिर गयी।

संचालिका : (जल्दी आती है) क्या हो गया इसे ?

पुष्पा : मैडम लगता है छत पर से गिर गई।

संचालिका : छत पर से गिर गई। इसका कमरा तो नीचे है। फिर यह छत पर करने क्या गई थी ?

पुष्पा : पता नहीं मैडम मैंने तो धम्म की आवाज सुनी तो तुरंत बाहर आकर देखा।

संचालिका : इसका तो रक्त बहुत बह रहा है। जल्दी एम्बुलेंस बुलाकर इसे अस्पताल भेजती हूँ। यदि इसी प्रकार रक्त बहता रहा तो यह तो मार जाएगी। इसकी सारी सलवार भी रक्त में गीली हो चुकी है।

पुष्पा : हाँ मैडम जल्दी करो।

संचालिका : साथ कौन जाएगी ?

पुष्पा : मैं इसके साथ अस्पताल जा रही हूँ।

संचालिका : लो एम्बुलेंस भी आ गयी, जल्दी अस्पताल ले जाओ।

पुष्पा : परन्तु मैडम इसने तो हाय-हाय करना भी बंद कर दिया, लगता है ---

संचालिका : क्या लगता है ?

पुष्पा : लगता है यह तो मर गई।

संचालिका : क्या कहा---मर गयी ?

पुष्पा : लगता तो ऐसा ही है।

संचालिका : यह तो अब पुलिस केस बन गया।

पुष्पा : अब क्या होगा ?

संचालिका : अब तो पुलिस बुलानी पड़ेगी।

पुष्पा : मैडम एक काम करते हैं, अस्पताल ले चलते हैं।

संचालिका : क्यों ?

पुष्पा : यदि मर गयी है तो पोस्टमार्टम होगा और वह अस्पताल में ही होगा, जाना तो फिर भी वहीं पड़ेगा। फिर हम अपने आप किस प्रकार घोषित कर सकते हैं कि यह मर गयी है। इसके शरीर का निरिक्षण करने के

उपरांत डॉक्टर ही प्रमाण देगा मरने का इसलिए अस्पताल ले जाना अनिवार्य है और वहाँ पर आपका साथ चलना भी जरूरी है। क्योंकि प्रत्येक कागज़ पर आपके साइन होने हैं।

संचालिका : ठीक है एम्बुलेंस में डाल कर शीघ्र ही अस्पताल ले चलो।

## दृश्य – उन्नीस

(सामान्य नागरिक अस्पताल का दृश्य। मरीज अपने सहयोगियों के साथ इधर से उधर आ जा रहे हैं। एम्बुलेंस मुख्य द्वार से अस्पताल के अंदर प्रवेश करती है। नारी संरक्षण गृह की संचालिका व पुष्पा एम्बुलेंस से उतरती हैं तथा आपातकालीन वाले कमरे में जाती हैं। वहाँ से अस्पताल के कर्मचारी स्ट्रेचर लाते हैं और एम्बुलेंस से कमलेश को स्ट्रेचर पर लिटाकर आपातकालीन कक्ष में शीघ्रता से ले जाते हैं। कमलेश को आक्सीजन व गुलकोस लगाते हैं)

संचालिका : डॉक्टर साहब क्या हाल है इसका ?

डॉक्टर : सीरियस है।

संचालिका : जिंदा है या नहीं ?

डॉक्टर : हाँ, अभी जिंदा है परन्तु सीरियस है। इसकी ऐसी हालत किस प्रकार से हो गई?

संचालिका : तीसरी मंजिल से गिर गयी।

डॉक्टर : गिर गयी या किसी ने धक्का देकर गिरा दी ?

संचालिका : ऐसा कोई क्यों करेगा ?

डॉक्टर : जान से मारने के लिए। आपके केन्द्र पर सब कुछ हो सकता है। क्योंकि दो दिन पहले राजवन्ती मरी है।

शायद ऐसा ही हुआ हो। यह भी पुलिस केस है। हम उपचार आरम्भ कर देते हैं, पुलिस को मैं सूचित कर रहा हूँ।आप रिपोर्ट लिखवा देना।

संचालिका : डॉक्टर साहब ऐसा नहीं है।

डॉक्टर : जो भी आपको बताना है, पुलिस को बताना।

संचालिका : लेकिन इसके बचने की आशा है या नहीं ?

डॉक्टर : उपर से गिरने के कारण गर्भाशय में काफी चोट लगी है। जिसके कारण रक्त स्राव बहुत अधिक हो रहा है। जब तक गर्भाशय का रक्तस्राव बंद नहीं होता हम कुछ नही कह सकते। अभी इसके सारे शरीर का परिक्षण किया जायेगा, एक्सरे, अल्ट्रासाउंड, शेष रिपोर्ट आने पर ही बताया जा सकता है। आप बाहर बैठ जाइये।

संचालिका : डॉक्टर साहब कितना समय लगेगा ?

डॉक्टर : कम से कम दो घंटे।

पुष्पा : आओ मैडम तब तक हम प्रतीक्षालय में बैठ जाते हैं।

संचालिका : ठीक है।

## दृश्य – बीस

(अस्पताल के आपातकालीन कक्ष का दृश्य, डॉक्टर कमलेश की एक्सरे रिपोर्ट देखता है)

संचालिका : डॉक्टर अब कमलेश की रिपोर्ट आ गयी होगी, क्या रहा?

डॉक्टर : गर्भाशय में अधिक चोट के कारण रक्तस्राव बंद नहीं हुआ है।सीरियस है सीधे पैर की हड्डी टूट गयी है।

पलस्तर कर दिया गया है। हड्डी जुड़ने में तीन माह कम से कम लगेंगे। यहीं अस्पताल में भर्ती कर लिया गया है। अभी पेशेंट अचेत है, सचेत होने में तीन-चार दिन लग सकते हैं और इन तीन-चार दिनों में उसकी मृत्यु भी हो सकती है। इसलिए आप प्रतिदिन यहाँ आकर इसकी स्वयं सूचना लेती रहें।

संचालिका : ठीक है डॉक्टर साहब, मैं जा सकती हूँ?

डॉक्टर : थाने में F.I.R. दर्ज कराती जाना। सचेत होने पर ही पुलिस कमलेश के बयाँ ले सकेगी। एक लड़की इसकी देखभाल के लिए छोडती जाना।

संचालिका : ठीक है मैं रास्ते में ही थाने में F.I.R. दर्ज कराती जाऊँगी और मैं इस लड़की पुष्पा को कमलेश की देखभाल के लिए छोड़े जा रही हूँ। पुष्पा।

पुष्पा : जी मैडम।

संचालिका : क्या तुम कमलेश की देखभाल के लिए यहाँ रह सकती हो?

पुष्पा : जी मैडम।

संचालिका : ठीक है डॉक्टर साहब मैं जा रही हूँ।

## दृश्य – इक्कीस

(सामान्य नागरिक अस्पताल के वार्ड का दृश्य। कमलेश के सीधे पैर पर पलस्तर लगा हुआ है। पुष्पा उसके बैड के पास स्टूल पर बैठी है। कमलेश चार दिन से अचेत है।)

कमलेश : (कुछ – कुछ सचेत हो जाती है।) हाय-हाय, (जोर से) हाय-हाय, चिल्ला-चिल्लाकर रोने लगती है।

पुष्पा : कमलेश चुप हो जा, होश आ गया क्या ?

कमलेश : (पूर्ण रूप से सचेत हो जाती है) मैं यहाँ पर---कहाँ पर हूँ मैं?

पुष्पा : अस्पताल में।

कमलेश : अस्पताल में ---यहाँ किसलिए ? कौन लाया मुझे यहाँ पर क्या हुआ मुझे ?

पुष्पा : तुम तीसरी मंजिल से नीचे गिर गई थीं। तुम चार दिन से अचेत थीं । अभी तुम्हें होश आया है, मैं और संचालिका मैडम एम्बुलेंस में चार दिन पहले तुम्हें यहाँ लाये थे।

कमलेश : अच्छा, मुझे कुछ याद नहीं है। हे भगवान, मृत्यु भी मुझे धकेल कर चली गयी। ठीक होने के बाद मैं फिर उस यातनागृह में झोंक दी जाउंगी । परन्तु इस बार वह किसी शारीरिक शोषण से नहीं बच पायेगी।

पुष्पा : कमलेश पहले ठीक हो जाओ यह सब बाद में सोचना। मैं डॉक्टर साहब को तुम्हारे सचेत होने की सूचना दे दूँ क्योंकि उन्होंने कहा था ---डॉक्टर साहब इधर ही आ रहे हैं । (डॉक्टर को आवाज लगती है) डॉक्टर साहब---।

डॉक्टर : हाँ बोलो।

पुष्पा : कमलेश को होश आ गया।

डॉक्टर : गुड, यह अच्छी खबर है। (कमलेश का निरिक्षण करता है) अब क्या हाल है ?

कमलेश : दर्द है।

डॉक्टर : दर्द ठीक हो जायेगा, परन्तु अब हम तुम्हें मरने नहीं देंगे। अब तुम ठीक हो जाओगी।

कमलेश : डॉक्टर साहब मेरी सीधी टांग को क्या हुआ है, बहुत दर्द है।

डॉक्टर : तुम्हारे सीधे पैर की हड्डी टूट गयी है, प्लास्टर किया हुआ है।

कमलेश : कब तक खुल जायेगा?

डॉक्टर : हड्डी जुड़ने पर।

कमलेश : कितना समय लगेगा?

डॉक्टर : कम से कम तीन महीने।

कमलेश : तीन महीने मुझे ---।

डॉक्टर : यहाँ अस्पताल में ही रहना होगा। फिर रक्तस्राव के कारण बड़ी मुश्किल से तुम्हें सचेत किया गया है।

कमलेश : रक्तस्राव कैसा?

डॉक्टर : तीसरी मंजिल से गिरने के कारण तुम्हारे गर्भाशय में अधिक चोट लगने के कारण ताकतस्त्राव बहुत अधिक हो गया था। जिससे तुम अचेत हो गयी थीं। रक्तस्राव बंद किया गया और तुम्हारी सहेली पुष्पा का रक्त लेकर तुम्हें चढाया गया, क्योंकि इसका रक्तग्रुप भी वही था जो तुम्हारा। तुम्हारी जान बचाने के लिए अपनी सहेली का धन्यवाद करो। अब कोई चिन्ता नहीं है ठीक होने पर ही यहाँ से जाओगी।

कमलेश : पुष्पा, मुझे क्यों बचा लिया तुमने, मैं मरना चाहती थी।

पुष्पा : जब तुम मुझे नरक से निकाल सकती हो, तो क्या मेरा उत्तरदायित्व तुम्हारे प्रति कुछ नहीं बनता।

कमलेश : लेकिन मैं तो मरना चाहती थी। (स्व कथन – अच्छा हुआ गर्भपात हो गया और किसी को पता भी नहीं चला)

पुष्पा : यह जीवन बार-बार नहीं मिलता मनुष्य को जीने के लिए, झूझना चाहिए टूटना नहीं इसलिए संघर्ष करो, टूटो मत अभी तो जीवन आरम्भ ही हुआ है। अपना एक उद्देश्य बनाओ और उद्देश्य की सफलता के लिए पूर्ण एकाग्रता और समर्पण की आवश्यकता होती है। अपना एक उद्देश्य बनाकर पूर्ण करो।

कमलेश : यदि यहाँ से ठीक होकर भागने में सफल हो सकी तो ट्यूशन आदि करके, आगे बड़के अपना जीवन सफल बनाने का प्रयास करूंगी।

पुष्पा : मैं भी तुम्हारा साथ दूंगी। अब सो जाओ।

## दृश्य – बाईस

(सामान्य नागरिक अस्पताल का दृश्य। कमलेश का वार्ड। कमलेश बिस्तर पर लेती हुई है। उसकी टांग में दर्द हो रहा है।)

कमलेश : (नर्स से) सिस्टर--- सिस्टर--- सिस्टर (क्रोध से) सिस्टर----।

नर्स : क्या है, क्रोध क्यों कर रही हो ?

कमलेश : मैं बहुत देर से आपको बुला रही हूँ, आप सुनती क्यों नहीं?

नर्स : (क्रोध से) बोलो क्या बात है ?

कमलेश : मेरे पैर में बहुत दर्द हो रहा है दवा दे दो।

नर्स : अभी देती हूँ, दो महीने से हमारा दिमाग खराब कर रखा है।

कमलेश : मैंने कर रखा है ?

नर्स : हाँ।

कमलेश : किस प्रकार से ?

नर्स : लोग उपचार के लिए आते हैं प्लास्टर करवाके घर चले जाते हैं। आवश्यकता पड़ने पर यहाँ आकर दिखा जाते हैं। तुम तो यहाँ आकर ही पड़ गयीं जाने के नाम ही नहीं लेती हो।

कमलेश : तुम्हें मुझसे कोई परेशानी है क्या ?

नर्स : सारे दिन छोटी-छोटी बातों के लिए परेशान करती रहती हो, दर्द को सहना सीखो।

पुष्पा : जब तुमको दर्द होगा, तब तुम्हें पता चलेगा।

नर्स : तुमने और इसकी वकालत शुरू कर दी।

कमलेश : तुम चुप रहो पुष्पा क्योंकि मुझे यहाँ दो महीने हो चुके हैं, इसलिए अब मेरी अवहेलना होने लगी है। जो हमदर्दी पहले मुझे यहाँ मिली थी अब धीरे-धीरे कम होती चली जा रही है। आज मैं यहाँ पर एक उपेक्षित मरीज हूँ, परन्तु कहाँ जाऊं ? यदि अपना कोई होता तो घर चली जाती और जब-तब आकर जांच करवा लेती, परन्तु बुरे दिनों का कालचक्र है जो मेरे साथ-साथ चल रहा है। बस ले-देकर एक तुम हो।

नर्स : (नर्स का प्रवेश) कमलेश तुमसे कोई मिलने आया है।

कमलेश : मुझसे मिलने और यहाँ पर--- कौन है ?

नर्स : पता नहीं, नाम नहीं बताया।

पुष्पा : आने दो पता चल जायेगा।

कमलेश : भेज दो।

पंकज : (पंकज का प्रवेश) अरे बहन जी नमस्ते।

कमलेश : नमस्ते ---। आपको पहचाना नहीं।

पंकज : मुझे नहीं पहचाना ?

कमलेश : अरे हाँ याद आया, आप जो उस दिन रात को मेरी मदद करके मुझे पुलिस स्टेशन छोड़ गए थे । आपका धन्यवाद।

पंकज : मैं यहाँ धन्यवाद लेने नहीं आया। मैं उस रात आपका नाम पूछना भी भूल गया था।

कमलेश : कमलेश है मेरा नाम। मैं भी आपका नाम पूछना भूल गयी थी। क्या नाम है आपका ? तो आप वही अनजाने भाई हैं।

पंकज : पंकज नाम है मेरा। बहन तुम्हारा यह हाल किस प्रकार से हुआ ?

कमलेश : छत पर से गिर गयी थी।

पंकज : अब क्या हाल है ?

कमलेश : पैर की हड्डी टूटी है अभी एक महीना और लगेगा। परन्तु आपको मेरा यह पता किससे मिला ?

पंकज : थाने में थानेदार ने बताया कि तुम नारी संरक्षण गृह में हो। नारी संरक्षण गृह से पता किया तो संचालिका ने यहाँ का पता बताया।तुम्हारा नाम कमलेश रजिस्टर में से थानेदार साहब ने ही देखकर बताया था।

कमलेश : और क्या पता चला ?

पंकज : नारी संरक्षण गृह की संचालिका से पता चला कि तुम शायद आत्महत्या करने की इच्छा से तीसरी मंजिल से कूदी थीं, परन्तु बच गयीं और अपनी टांग की हड्डी तुड़वा ली और अस्पताल के महिला वार्ड में पड़ी हो। तुमने ऐसा किसलिए किया बहन ?

कमलेश : भाई साहब एक गन्दगी से निकल कर दूसरी गंदगी में धकेल दी गयी थी। नारी संरक्षण गृह में भी तो वही होता है जो जी०बी० रोड के तारा होटल में होता है। मैं अपने नेत्रों से सब कुछ देख चुकी हूँ इसलिए सोचा कि इससे तो मृत्यु सौ गुणा अच्छी है। सो इस नरकीय जीवन से मुक्ति पाने के लिए तीसरी मंजिल से कूद पड़ी परन्तु मुझे मृत्यु भी धोखा दे गयी। (विलाप करती है)

पंकज : नहीं कमलेश, नहीं, आत्महत्या बुरी बात है। आत्महत्या बुजदिल करते हैं।

कमलेश : इसके अतिरिक्त मुझे कोई मार्ग भी दिखाई नहीं देता। यह आपके साथ कौन हैं ?

पंकज : यह मित्र विनोद है मेरे कार्यालय में ही काम करता है।

कमलेश : ठीक है। उस दिन के बाद आज किस प्रकार मेरा स्मरण आ गया ?

पंकज : मैं उस दिन के उपरांत तुम्हारे पास जान-बुझकर नहीं आया।

कमलेश : क्यों ?

पंकज : क्योंकि एक तो पत्नी बीमार थी, उसकी सेवासुश्रुषा, दूसरा दोनों बच्चों को स्कूल लाना, ले जाना, घर-गृहस्थी के बहुत से कामों में फँसा रहा। अब सब कुछ ठीक हो गया है। तुम्हारा स्मरण न हुआ हो ऐसी बात नहीं है। सब मित्रों व परिचितों से तुम्हारे साहस का वर्णन कर चुका हूँ , परन्तु तुम्हारी आत्महत्या की मूर्खता का अब ज्ञान हुआ।

कमलेश : क्या करती भाई, माता-पिता ने अंगीकार करने से मना कर दिया ।और मैं अब गन्दगी भोगने की हिम्मत छोड़

चुकी थी इसलिए इस तुच्छ जीवन का अंत करने के अतिरिक्त मेरे पास कोई उपाय भी नहीं था, परन्तु मुझे मृत्यु भी बुलाने नहीं आई।

पंकज : अस्पताल में उपचार ठीक प्रकार से हो रहा है या नहीं?

कमलेश : यहाँ कोई पूछने वाला नहीं है, घोर उपेक्षा की शिकार हूँ। आत्महत्या का केस अलग बन गया है। जाऊँ तो कहाँ जाऊं ? यही सोचकर पल-पल मर रही हूँ।

पंकज : आत्महत्या का केस तो मैं किसी प्रकार समाप्त करवा दूंगा।

कमलेश : आप किस प्रकार से समाप्त करवा देंगे ?

पंकज : मेरी कुछ पुलिस वालों से जान-पहचान है। पुलिस इंस्पेक्टर मेरे पड़ोस में ही रहता है।

कमलेश : ठीक है आप प्रयास करके देख लीजिये।

पंकज : यदि तुम्हारी सहमती हो तो मैं तुम्हें अपने घर ले चल सकता हूँ।

कमलेश : आपके घर ----आपको कोई असुविधा तो नहीं होगी ?

पंकज : नहीं।

कमलेश : क्यों ?

पंकज : घर बड़ा है। कई किरायेदार रहते हैं।

कमलेश : मेरी वहाँ सेवा कौन करेगा ?

पंकज : जब तक ठीक नहीं हो जाती, मैं तुम्हारी सेवा करूँगा। गाँव से मेरी माँ भी आने वाली हैं, वे भी तुम्हारी देखभाल करेंगी।

कमलेश : परन्तु भाईसाहब अभी आप देख ही रहे हैं मैं बिल्कुल लाचर हूँ , चल फिर भी नहीं सकती। आप पर वैसे ही

परिवार का बहुत भार है। वैसे तो डॉक्टर ने कह दिया है कि आप जा सकती हैं।

पंकज : फिर आप जाती क्यों नहीं ?

कमलेश : परन्तु जाऊँ तो जाऊँ कहाँ?

पंकज : उसी संरक्षण गृह में।

कमलेश : वहाँ से छुटकारा पाने के लिए ही तो आत्महत्या करने के लिए तीसरी मंजिल से कूदी थी। फिर उसी गन्दगी में जाने की कल्पना से ही शरीर काँप उठता है।

पंकज : नारी संरक्षण गृह में आखिर क्या समस्या हो सकती है?

कमलेश : जी०बी० रोड का तारा होटल और नारी संरक्षण गृह में कोई अंतर नहीं है।

पंकज : किस प्रकार से ?

कमलेश : तारा होटल में लड़कियों के जिंदा माँस के खरीददार स्वयं होटल में चलकर आते हैं और नारी संरक्षण गृह में लड़कियों को कार में बैठाकर रात्रि के लिए नेताओं के घर लड़कियों का जिंदा माँस भेजा जाता है। यहाँ सारे सफेदपोशों का सम्बन्ध होता है। उन्हीं की कृपा से नारी संरक्षण चल रहा है। असामाजिक तत्वों की मिली भगत से वहाँ जवान ओर सुंदर लड़कियों के माँस परोसे जाते हैं।

पंकज : क्या लड़कियां विरोध नहीं करतीं ?

कमलेश : विरोध करने पर लड़कियों पर अनेक प्रकार के अत्याचार किया जाते हैं। अनेक प्रकार से उन्हें प्रताड़ित किया जाता है।

पंकज : क्योंकि वहाँ के बारे में मुझे पता चल चुका है इसलिए मैं तुम्हें लेने आया हूँ। मेरी माँ के गाँव से आने के उपरांत हमारे घर तुम्हें किसी प्रकार का कोई कष्ट नहीं होगा।

कमलेश : अपनी माँ को तो आने दो उस समय देखा जायेगा।

पंकज : उस समय तक मैं तुम्हें समस्त कागजी कार्यवाही करके तुम्हारी मुक्ति की चेष्टा कर लूँगा, जो खानापूर्ति करनी होगी वह भी कर दूंगा।

कमलेश : लेकिन आत्महत्या का केस?

पंकज : आत्महत्या का केस नहीं बनने पायेगा।

कमलेश : क्या तुम सत्य कह रहे हो?

पंकज : हाँ, तुम वहाँ से छुटकारा पाने के लिए भागी थीं। यही सिद्ध करना है और यह कार्य लगभग 15 दिन में पूर्ण हो जायेगा। उस समय तक तो तुम्हें यहाँ पर रहना ही पड़ेगा। मेरे साथ मेरे ये मित्र विनोद भी तुम्हारी हरसम्भव सहायता करने को तैयार हैं।

कमलेश : परन्तु मैं यहाँ पर उपेक्षित ----।

पंकज : तुम चिन्ता मत करो, अब यहाँ पर तुम उपेक्षित की तरह नहीं रहोगी। सब तुम्हारा पूरा ध्यान रखेंगें।

कमलेश : ठीक है भाईसाहब आपका धन्यवाद। आज मुझे डूबते को तिनके का सहारा मिल गया। आज एक आशा की किरण मेरे मन में जाग रही है। आपकी मधुर बातों से जीने की इच्छा भी बलवती हो उठी है।

पंकज : अच्छा अब तुम आराम करो जल्दी आऊंगा।

# दृश्य – तेईस

(सामान्य नागरिक अस्पताल। कमलेश का महिला वार्ड। कमलेश अपने बिस्तर पर लेटी है, पुष्पा स्टूल पर बैठी है)

नर्स : (नर्स का प्रवेश) कमलेश जी।

कमलेश : जी सिस्टर।

नर्स : तुम्हारी टांग का जो एक्सरे हुआ है, वह ठीक है।

कमलेश : अर्थात ?

नर्स : तुम्हारे पैर की हड्डी जुड़ गयी है। बधाई हो तुम्हें।

कमलेश : सिस्टर यह बधाई तो आपको हो, क्योंकि तीन महीने आपने बहुत सेवा की है और भागदौड़ की है। अब क्या आज्ञा है ?

नर्स : आप अपनी सहेली पुष्पा के साथ व्हील चेयर पर बैठकर लेबर रूम में आ जाइये।

पुष्पा : वहाँ पर क्या होगा सिस्टर ?

नर्स : वहाँ पर कमलेश के पैर का प्लास्टर काटा जाना है।

कमलेश : (प्रसन्नता से) क्या सचमुच आज प्लास्टर काटा जाना है?

नर्स : हाँ - बई - हाँ।

कमलेश : विश्वास नहीं हो रहा।

नर्स : क्यों ?

कमलेश : क्योंकि टांग पर प्लास्टर लगाकर चलने की आदत सी हो गई है।

नर्स : जब प्लास्टर उतर जायेगा और तुम बिना वॉकर के चलोगी तो स्वयं देख लेना।

कमलेश : मेरे लिए तो यह किसी चमत्कार से कम नहीं होगा।

नर्स : पुष्पा जी, कमलेश जी को जल्दी ले आइये।

पुष्पा : आप चलिए सिस्टर, मैं आपके पीछे – पीछे लेकर आ रही हूँ।

## दृश्य – चौबीस

(सामान्य नागरिक अस्पताल। महिला वार्ड में कमलेश अपने बिस्तर पर बैठी है, साथ में पुष्पा स्टूल पर बैठी है)

कमलेश : पुष्पा आज यह प्लास्टर तो कट गया अब लगता है। यहाँ से छुट्टी दे देंगे।

पुष्पा : जब तुम ठीक हो गई, तो अब छुट्टी तो देनी ही है।

कमलेश : परन्तु अब कहाँ जायेंगे?

पुष्पा : जहाँ से यहाँ आये थे।

कमलेश : अर्थात।

पुष्पा : नारी संरक्षण गृह।

कमलेश : वहाँ के नाम से मेरा शरीर भय से सिहर उठता है।

पुष्पा : फिर कहाँ जाओगी ?

कमलेश : पंकज भाईसाहब ने आना था परन्तु वे भी एकबार आकर दोबारा नहीं आये।

पुष्पा : कहीं गोली तो नहीं दे गया।

कमलेश : नहीं।

पुष्पा : तुम किस आधार पर कह सकती हो?

कमलेश : क्योंकि उन्होंने मुझे बहन कहा है और हिन्दू धर्म में जब कोई व्यक्ति किसी लड़की को बहन बना लेता है, तो वह

|  |  |  |
|---|---|---|
|  |  | अपने प्राणों का बलिदान देने के बाद भी उन सम्बन्धों को पवित्रता के साथ निभाता है। |
| पुष्पा | : | ईश्वर करे ऐसा ही हो। परन्तु मुझे तो नारी संरक्षण गृह जाना ही पड़ेगा, क्योंकि मेरे पास तो कोई आश्रय नहीं है, पर मैं भी उस गन्दगी से निकलना चाहती हूँ। |
| कमलेश | : | यदि मेरा जीवन ठीक प्रकार से स्थिर हो गया तो मैं तुम्हें अपने पास बुला लूँगी। |
| पुष्पा | : | सच ? |
| कमलेश | : | सच। कमलेश कभी झूठ नहीं बोलती। |
| नर्स | : | कमलेश जी। |
| कमलेश | : | हाँ सिस्टर। |
| नर्स | : | तुमसे कोई मिलने आया है। |
| कमलेश | : | मुझसे मिलने वाला कौन हो सकता है, क्या अपना नाम बताया है, क्या नाम है ? |
| नर्स | : | पंकज। |
| कमलेश | : | अकेले हैं या ----। |
| नर्स | : | उनके साथ एक वृद्धा और एक पुलिस इंस्पेक्टर है। |
| कमलेश | : | भेज दो। |
| पंकज | : | (पंकज का प्रवेश) कैसी हो बहन ? |
| कमलेश | : | अरे आप, नमस्ते भाईसाहब। |
| पंकज | : | नमस्ते। कैसी हो ? |
| कमलेश | : | अब ठीक हूँ, अभी थोड़ी देर पहले ही प्लास्टर कटा है। ये कौन हैं --- ? |
| पंकज | : | ये मेरी माता जी। |

कमलेश : (हाथ जोड़कर) प्रणाम माता जी। (बिस्तर से खड़ी होकर चरण स्पर्श करती है)

रेशमी : जीती रहो। अरे बैठी रहो क्यों परेशान होती हो।

कमलेश : माताश्री के चरण स्पर्श करके आशीर्वाद लेने में परेशानी कैसी। मुझे तो सौभाग्य प्राप्त हुआ है कि माताश्री का आशीर्वाद मिल गया।

रेशमी : तुम्हारे संस्कार और विचार बड़े अच्छे हैं।

कमलेश : यह सब ईश्वर की कृपा है। (पंकज की ओर इशारा करके) ये---

पंकज : ये मेरे मित्र डॉक्टर वर्मा जी, पुलिस इंस्पेक्टर हैं। इन्होंने मेरी कानूनी खानापूर्ति करवाने में मेरी पूरी सहायता की है।

डॉ० वर्मा : मैं तुम्हारे उज्ज्वल भविष्य के लिए शुभ कामनाएँ देता हूँ। पंकज जी और इनकी माता जी तुम्हें अपने साथ लेने आये हैं। ख़ुशी – ख़ुशी इनके घर जाइये।

कमलेश : यदि आप सब बुरा ना माने तो एक प्रश्न का उत्तर चाहती हूँ।

डॉ० वर्मा : नि:संकोच प्रश्न कीजिए।

कमलेश : क्या एक चकलाघर से निकली पतिता लड़की को पंकज जी, उनकी माताश्री, उनकी धर्मपत्नी तथा उनके परिवार वाले स्वीकार करेंगे?

पंकज : तुम्हारे बारे में हमने बहुत सोचा। अपने घर विचार-विमर्श किया , तुम्हारे संस्कार, विचार व आचरण देखकर ही यह निर्णय लिया है।

डॉ० वर्मा : क्या तुम्हें अपने प्रश्न का उत्तर मिल गया।

कमलेश : जी हाँ, धन्यवाद।

डॉ० वर्मा : सारी कानूनी कार्यवाही पूरी कर ली है। अब तुम पंकज जी के साथ उनके घर जा सकती हो।

पंकज : हाँ बहन, अस्पताल का बिस्तर छोडो, घर पर तुम्हारी भाभी व बच्चे प्रतीक्षा कर रहे हैं।

## दृश्य – पच्चीस

(पंकज का घर, पंकज के घर में कमलेश का कमरा। कमलेश कमरे में अकेली बैठी है।)

कमलेश : (स्वकथन – पंकज का परिवार कितने उच्च विचारों का है। संसार में ऐसे भी लोग हैं और मेरे माता-पिता जिनका मैं रक्त हूँ। जिस लड़की को उन्होंने पैदा किया, पाल-पोसकर बड़ा किया, वे एक क्षण में बदल गए। मेरी एक गलती का इतना बड़ा दण्ड दिया कि एक क्षण में रक्त सम्बन्ध ही तोड़ दिया और मुझे कलंकित भी ठहरा दिया।यदि मैंने असभ्य गलती की है तो प्रायश्चित करना भी तो चाहा है, परन्तु मुझे एक अवसर भी तो नहीं दिया।)

मनीषा : (मनीषा का प्रवेश) बुआ जी प्रणाम।

कमलेश : प्रणाम बेटा।

मनीषा : माताश्री पूछ रही हैं यदि स्नानादि व पूजा से निवृत्त हो चुकी हो तो, क्या आपके लिए भोजन ले आवें ?

कमलेश : हाँ, ले आओ।

मनीषा : अभी लाई।

कमलेश : तुम अभी छोटी हो।

| | | |
|---|---|---|
| मनीषा | : | अच्छा मैं माताश्री को भेजती हूँ। |
| रेखा | : | (रेखा का प्रवेश) मैं स्वयं ही यह सोचकर ले आई कि तुमने सब काम कर लिये होंगे। |
| कमलेश | : | भाभीश्री नमस्ते। |
| रेखा | : | नमस्ते। |
| कमलेश | : | भाभीश्री आप मेरे लिए इतना कष्ट न किया करें। |
| रेखा | : | क्यों ? |
| कमलेश | : | क्योंकि आप मुझसे बड़ी हैं, मुझे आपकी सेवा करनी चाहिए या आपको मेरी ? |
| रेखा | : | जब तुम स्वस्थ हो जाओ उस समय कर लेना, अब तुम्हें सेवा की आवश्यकता है। |
| कमलेश | : | कितने बच्चे हैं आप पर ? |
| रेखा | : | दो। |
| कमलेश | : | क्या-क्या ? |
| रेखा | : | एक बेटा, एक बेटी। |
| कमलेश | : | बड़ा कौन-सा है ? |
| रेखा | : | बड़ा बेटा अजय, छोटी बेटी मनीषा है। |
| कमलेश | : | वह किस कक्षा में है और यह मनीषा किस में है ? |
| रेखा | : | अजय 10वीं में है और मनीषा 8वीं में है। |
| कमलेश | : | पढाई में कैसे हैं ? |
| रेखा | : | कोई ख़ास नहीं। |
| कमलेश | : | क्यों? |
| रेखा | : | क्योंकि अभी ट्युशन पढ़ने की व्यवस्था नहीं हो पाई है। |
| कमलेश | : | अब व्यवस्था करने की आवश्यकता भी नहीं। |

रेखा : क्यों?

कमलेश : अब मैं जो आ गयी हूँ।

रेखा : क्या तुम इन दोनों को ट्युशन पढाओगी ?

कमलेश : ट्युशन नहीं पढ़ाऊंगी।

रेखा : तो ?

कमलेश : सिर्फ अपने भतीजे व भतीजी को पढ़ाऊंगी।

रेखा : अर्थात।

कमलेश : मैंने खाना खा लिया, अब दोनों को पुस्तक लेकर मेरे पास भेज दो।

रेशमी : (पंकज की माँ का प्रवेश) बेटी।

कमलेश : माता जी प्रणाम। (उठकर चरण स्पर्श करती है)

रेशमी : बेटी अभी तुम्हारी तबियत ठीक नहीं है उठा मत करो।

कमलेश : भला ऐसी कोई बेटी होगी कि माँ के दर्शन होने पर बेटी की तबियत ठीक ना हो।

रेशमी : बेटी तुम हमारे घर कल आई हो और आज ऐसा लगता है कि न मालूम तुम हमारे घर कब से रह रही हो।

कमलेश : माताश्री यह तो आपके प्रेम और आशीर्वाद का सुफल है। फिर मैं आपसे अभी ठीक प्रकार से परिचित भी नहीं हो पाई। अच्छा माताश्री एक प्रश्न पूछूँ?

रेशमी : हाँ – हाँ पूछ।

कमलेश : आपके कितने बच्चे हैं ?

रेशमी : एक।

कमलेश : अर्थात पंकज भाईसाहब आपके ----।

रेशमी : इकलौता पुत्र है परन्तु अब मेरे पास एक पुत्र और एक पुत्री हैं।

कमलेश : पुत्री एकदम कहाँ से आ गयी ?

रेशमी : जब ईश्वर देता है तो छप्पर फाड़कर देता है।

कमलेश : अर्थात आपको छप्पर फाडकर मिली है फिर तो कोई दैवीय शक्ति होगी।

रेशमी : उससे कम भी नहीं है।

कमलेश : उसका नाम क्या है ?

रेशमी : कमलेश।

कमलेश : क्या ?

रेशमी : मेरी बेटी मेरे सामने बैठी है।

कमलेश : (खड़ी होकर माँ के गले लग जाती है) माँ (अश्रुधारा बह निकलती है)

रेशमी : विलाप नहीं किया करते, मेरे पास बेटी की कमी थी सो मुझे वह भी मिल गयी।

रेखा : ठीक है दीदी हम चलते हैं, अब तुम आराम करो।

कमलेश : आराम नहीं।

रेखा : क्यों?

कमलेश : मुझे आज से ही अपने भतीजे और भतीजी को पढ़ाना है, देखती हूँ कि ये दोनों अपनी-अपनी कक्षा में प्रथम श्रेणी से किस प्रकार उत्तीर्ण नहीं होते। मनीषा जाओ बेटा अपने भाई को पुस्तक सहित बुलाकर लाओ और तुम भी अपनी पुस्तक ले ओ।

# दृश्य – छब्बीस

(पंकज का घर, उसमें कमलेश का कमरा। कमलेश बच्चों को पढ़ा रही है। उसी समय पंकज का आगमन होता है )

पंकज : (पंकज का प्रवेश) अरे बहन जी क्या हो रहा है ?

कमलेश : भाईसाहब नमस्ते।

पंकज : नमस्ते। यहाँ पर मन लग गया या नहीं ?

कमलेश : अपने घर मन नहीं लगेगा तो, कहाँ लगेगा ?

पंकज : हमारे दोनों बच्चे पढाई में कैसे चल रहे हैं ?

कमलेश : लगता है अब तक उन पर कोई विशेष ध्यान नहीं दिया गया। अब तक ये दोनों तृतीय श्रेणी में उत्तीर्ण होते रहे हैं परन्तु मैं चाहती हूँ कि इनके स्कूल में इनसे ज्यादा अंक किसी के भी न आयें।

पंकज : इसके लिए मुझे क्या करना होगा ?

कमलेश : आपको केवल यह करना है कि आज से दोनों बच्चे मेरे संरक्षण में रहेंगे। रात्रि को भी मेरे पास ही रहेंगे, जिससे प्रात:काल में भी इनको पढाया जा सके। इनकी समय सारिणी भी बनाऊँगी, उस समय के अनुसार ही ये समस्त कार्य करेंगे।

पंकज : ठीक है। कमलेश तुम एक काम और नहीं कर सकतीं।

कमलेश : क्या ?

पंकज : हमारे मोहल्ले में ट्युशन पढ़ाने वाला कोई नहीं है, इसलिए मैं चाहता हूँ तुम ट्युशन पढ़ाना शुरू कर दो।

कमलेश : हाँ भाईसाहब, मैं भी यही सोच रही थी कि नौकरी तो मिलेगी नहीं और यदि मिलेगी भी तो किसी प्राइवेट

स्कूल में, वह भी चार-पांच हजार रूपये माह की। आपके कमरे में बहुत जगह है, मैं अच्छी प्रकार से ट्युशन पढ़ा सकूंगी। आप बच्चे एकत्र करदें।

पंकज : किस कक्षा तक के और किस विषय के बच्चे पढ़ा सकती हो ?

कमलेश : मैं पहली से 12वीं तक के बच्चे को अंग्रेजी, गणित, भौतिकशास्त्र व रसायनशास्त्र पढ़ा सकती हूँ ।

पंकज : अरे वाह यह तो बहुत अच्छी बात है।

कमलेश : कैसे ?

पंकज : क्योंकि इन्हीं विषयों में बच्चे कमजोर होते हैं और इन्हीं विषय के बच्चे ट्युशन पढ़ते हैं। इस कालोनी के बच्चे पाँच – छह किलोमीटर दूर ट्युशन पढ़ने जाते हैं। आज ही मोहल्ले में सबसे कहता हूँ। हाँ एक बात और बता दो बहन।

कमलेश : क्या ?

पंकज : तुम कहाँ तक पढ़ी-लिखी हो ?

कमलेश : बी०एस०सी० की परीक्षा दी है। शायद परिणाम आ गया होगा। क्या आप मेरा एक काम कर सकते हैं।

पंकज : क्या ?

कमलेश : मेरा परीक्षा परिणाम पता कर सकते हैं ?

पंकज : क्या रोल नम्बर है ?

कमलेश : हाँ, मेरे बैग में है निकलकर देती हूँ। (निकाल कर देती है) यह लीजिये।

पंकज : मैं मोबाइल से ही नेट से पता कर देता हूँ, अभी लो (मोबाईल खोल कर देखता है) अरे बहन आप एक काम करो।

कमलेश : क्या ?

पंकज : बाजार से मिठाई मंगवा लो।

कमलेश : मिठाई तो तुम्हें खिला दूंगी, पर कैसा रहा परीक्षा परिणाम भाईसाहब ?

पंकज : तुम प्रथम श्रेणी से ही नहीं बल्कि विश्वविद्यालय में स्वर्ण पदक लिया है।

कमलेश : (आश्चर्य से) सच भाईसाहब?

पंकज : हाँ, मैं भी कंप्यूटर से तुम्हारी अंकतालिका निकालकर दे दूंगा। फिर तुम्हें विश्वास हो जायेगा।

कमलेश : भाईसाहब आप पर विश्वास नहीं होगा तो किस पर होगा। आप यदि आज्ञा दें और मेरी थोड़ी सहायता कर दें तो मैं एक काम और कर दूँ।

पंकज : क्या ?

कमलेश : एम०एस०सी० का प्राइवेट फार्म और भर दूँ।

पंकज : नेकी और पूछ-पूछ, जरूर भरो।

## दृश्य – सत्ताईस

(पंकज का घर, घर में कमलेश का कमरा, पंकज कमलेश के पास आता है)

कमलेश : भाईसाहब आपसे एक बात करनी है।

पंकज : बोलो।

कमलेश : अब मेरे पास ट्युशन वाले बच्चों की संख्या लगभग तीन सौ हो गई है।

पंकज : यह तो बड़ी अच्छी बात है, तुमने जो परिश्रम किया है। उसी का सुफल है।

कमलेश : नहीं मेरा कुछ नहीं है। यह सब आपकी कृपा से ही कर पाई हूँ। वब आपसे एक प्रार्थना और है।

पंकज : क्या ?

कमलेश : अधिक बच्चे होने के कारण मैं अकेली इस कमरे में पढ़ाने से असमर्थ हूँ।

पंकज : फिर तुम क्या चाहती हो ?

कमलेश : मैं चाहती हूँ घर से मैंन बाजार में तीन-चार कमरे मिल जाए, तो मैं वहाँ पर अकादमी खोलना चाहती हूँ और तीन-चार अध्यापिका और रख ली जाए तो हमारी अकादमी शहर में सबसे अच्छी चलेगी।

पंकज : तो तुम बताओ मुझे क्या करना है।

कमलेश : आप तीन-चार कमरे देख लीजिये और वहाँ पर थोड़ा फर्नीचर का प्रबन्ध कर दीजिये, मैंने आज तक जो जोड़ा है (देती है) यह लीजिये, जो आपका लगेगा, बच्चों की फीस आने पर मैं आपको दे दूँगी।

पंकज : अरे बहन किस प्रकार की बातें करती हो, पैसे तुम रखो।

कमलेश : ये आपके ही हैं, आपके कारण ही मैंने जोड़े हैं लीजिये।

पंकज : (ले लेता है) अब अध्यापिका कहाँ से आएगी।

कमलेश : नारी संरक्षण गृह में कुछ लडकियाँ मेरी तरह शिक्षित हैं और वे उस गन्दगी से निकलना चाहती हैं, आप यदि अनुमति दें तो मैं उनसे बात करूं। बाकि कानूनी कार्यवाही करके आपको मुक्त करवाने का कष्ट करना यह आपके लिए एक नारी उपकार का कार्य होगा और इससे कुछ नारियों का उद्धार होगा। वे अलग कमरा

लेकर रह लेंगी। इससे वे स्वावलम्बी जीवन जी सकेंगी।

पंकज : मुझे कोई आपत्ति नहीं है।

कमलेश : तो कल रिक्त समय में मैं जा सकती हूँ ?

पंकज : क्यों नहीं ?

कमलेश : तो क्या आप मेरे साथ ----।

पंकज : नहीं मैं नहीं जा पाउँगा क्योंकि मेरा कार्यालय का समय होता है।

कमलेश : ठीक है कल मैं वहाँ जाकर बात कर आती हूँ, फिर मैं आपसे बताती हूँ।

## दृश्य – अठाईस

(नारी संरक्षण गृह का दृश्य। कमलेश नारी संरक्षण गृह में जाती है।)

कमलेश : (कमलेश का प्रवेश) मैडम नमस्ते।

संचालिका : नमस्ते, अरे कमलेश आओ बैठो, तुम तो बहुत बदल गई हो। आजकल क्या कर रही हो ?

कमलेश : ट्युशन पढ़ाती हूँ।

संचालिका : वैरी गुड। अर्थात स्वावलम्बी बन गयी हो।

कमलेश : हाँ।

संचालिका : आज किस प्रकार से आना हुआ ?

कमलेश : मैडम मुझे कुछ पढ़ी –लिखी लड़कियों की आवश्यकता है, जो मेरे साथ काम करके स्वावलम्बी बन सकें और आपके नारी संरक्षण गृह का नाम स्वर्ण अक्षरों में लिखा जा सके।

| | | |
|---|---|---|
| संचालिका | : | जो इस योग्य लडकियाँ हों, तुम उनसे बात कर लो। जो जाना चाहती हैं, कानूनी कार्यवाही के बाद तुम उन्हें ले जाना। |
| कमलेश | : | ठीक है मैडम, धन्यवाद। (कमलेश पुष्पा के कमरे में जाती है) हाय पुष्पा। |
| पुष्पा | : | हाय कमलेश, तुम तो आज पहचान में भी नहीं आई |
| कमलेश | : | ऐसा क्या देख लिया मुझमें ? |
| पुष्पा | : | तुम्हें देखकर मुझे ही नहीं बल्कि संरक्षण गृह की सभी लड़कियों को सुखद आश्चर्य हुआ, क्योंकि अब तुम एकदम बदल चुकी हो। |
| कमलेश | : | आज मैं पंकज भाईसाहब द्वारा नारी संरक्षण गृह से मुक्त करवायी गयी लड़की हूँ, जो स्वावलम्बी जीवन जी रही हूँ। |
| पुष्पा | : | आशा की एक किरण देखकर आज मे बहुत प्रसन्न हूँ, क्या मुझे भी मुक्ति मिल सकती है ? |
| कमलेश | : | हाँ – हाँ क्यों नहीं मेरा यहाँ आने का प्रयोजन ही यह है। |
| पुष्पा | : | क्या ? |
| कमलेश | : | पहले मैंने ट्यूशन पढ़ाना आरम्भ किया। छात्रों की संख्या बढती गई और मैंने आज अकादमी खोल ली। जिसमें 400 छात्र हैं। उसके लिए मुझे तीन-चार अध्यापिकाओं की आवश्यकता है। मैं चाहती हूँ जो शिक्षित लडकियाँ इस संरक्षण गृह में हैं उनका उद्धार किया जाये और इस गंदगी से निकलकर उन्हें स्वावलम्बी बनाया जाये। क्या तुम चलने के लिए तैयार हो ? |

पुष्पा : नेकी और पूछ-पूछ।

कमलेश : ठीक है, अब तुम यह बताओ कि तुम कितनी शिक्षित हो ?

पुष्पा : बी०एससी० पास हूँ।

कमलेश : तुम जैसी और कितनी लड़की हैं ?

पुष्पा : राजवन्ती बी०एससी० उत्तीर्ण है, संतोष इंटर है, दुलारी भी इंटर है, बाकि सब ना के बराबर पढ़ी-लिखी हैं।

कमलेश : ठीक है तुम उनसे बात करके मुझे अभी बताओ।

पुष्पा : तुम पाँच मिनट बैठो, मैं अभी उनसे बात करके आती हूँ।

**(अंतराल)**

पुष्पा : (पुष्पा का प्रवेश) कमलेश मैं इन तीनों को साथ ही ले आयी हूँ। और मैंने सारी बातें इन्हें बता दी हैं।

राजवंती : अरे कमलेश तुमने तो कमाल कर दिया।

संतोष : यहाँ से निकलकर कोई लड़की आत्मनिर्भर बन सकती है, यह तो कल्पना भी नहीं की जा सकती।

दुलारी : कुछ लोग सफलता के सपने देखते हैं, जबकि अन्य व्यक्ति जागते हैं और कड़ी मेहनत करके सपनों को साकार करते हैं। तुम उनमें से एक हो।

पुष्पा : कमलेश मैंने इन तीनों को सारी बातें बता दी हैं। यह तीनों भी इस गंदगी से निकलकर स्वावलम्बी बनना चाहती हैं।

कमलेश : तुम चारों लड़कियों का मैंने नाम व पता ले लिया है। तुम चारों मेरी सहायता कर सकती हो। व्यस्क भी हो, साथ ही नया जीवन जीने के लिए लालायित हो, मैं

पंकज भाईसाहब द्वारा कानूनी कार्यवाही करवाकर तुम्हें शीघ्र ले जाउंगी।

## दृश्य – उन्तीस

(पंकज का मकान, कमलेश का कमरा, पंकज व विनोद कमलेश के पास आते हैं।)

कमलेश : भाईसाहब क्या हुआ उन चारों लड़कियों का ?

पंकज : अरे बहन तुम कोई कार्य बताओ और वह ना हो यह किस प्रकार से हो सकता, विनोद जी ने इस कार्य में मेरी सहायता की है, समस्त कानूनी कार्यवाही करने के बाद हम सरकारी आदेश ले आये हैं, यह लो। (कागज देता है)

कमलेश : भाई साहब आपका धन्यवाद।

पंकज : धन्यवाद मेरा नहीं विनोद जी का करो, क्योंकि यह सब कुछ इन्होंने ही करवाया है।

कमलेश : विनोद जी आपका भी बहुत-बहुत धन्यवाद। अब इन लड़कियों को कब मुक्त करना है।

विनोद : जब आप चाहें।

कमलेश : क्योंकि अकादमी का उद्घाटन करवाना है और उस समय इन लड़कियों की आवश्यकता होगी। इसलिए उससे पहले इन्हें मुक्त करवाना अनिवार्य है।

पंकज : बाकि अकादमी का समस्त कार्य पूर्ण हो चुका है। एक कार्य बकाया है।

कमलेश : क्या ?

पंकज : साइन बोर्ड।

कमलेश : तो वह भी बनवा लीजिये।

पंकज : किस नाम से बनवाया जाये ?

कमलेश : पहले आप सोचो।

पंकज : सोच लिया।

कमलेश : क्या ?

पंकज : कमलेश विज्ञान एवं सामाजिक विज्ञान अकादमी।

कमलेश : नहीं।

पंकज : तो ?

कमलेश : रेशमी देवी विज्ञान एवं सामाजिक विज्ञान अकादमी। यह नामकरण कैसा रहा ?

विनोद : अरे वाह कमलेश जी, आपने तो कमाल कर दिया।

कमलेश : मैंने ठीक ही किया ना?

पंकज : बिल्कुल ठीक किया। अब उद्घाटन किसके द्वारा किया जाना है ?

कमलेश : पहले आप ही बताएं।

पंकज : बस जी, यह भी आप ही निश्चित करो।

कमलेश : माताश्री श्रीमती रेशमी जी द्वारा।

विनोद : हम सब सहमत हैं। ठीक है, सोमवार सुबह अकादमी का उद्घाटन करवाना है।

# दृश्य – तीस

(रेशमी देवी विज्ञान एवं सामाजिक विज्ञान अकादमी, कक्षा-1 से 12 तक की योग्य अध्यापिकाओं द्वारा सभी विषयों की तैयारी करवाई जाती है ।) यह साइन बोर्ड अकादमी भवन के ऊपर लगवाया गया था । जिसे देखकर प्रत्येक अभिभावक अपने बच्चे को यहाँ भेजने को लालायित था। परीक्षा परिणाम आया, समाचार पत्रों में अकादमी का परीक्षा परिणाम प्रकाशित हुआ था - रेशमी देवी विज्ञान एवं सामाजिक विज्ञान अकादमी का परीक्षा परिणाम –

1-आठवीं VIII शतप्रतिशत - प्रथम श्रेणी – शतप्रतिशत

2-दसवीं X शतप्रतिशत - प्रथम श्रेणी - शतप्रतिशत

1-बारहवीं XII शतप्रतिशत - प्रथम श्रेणी - शतप्रतिशत

पंकज : (पंकज का प्रवेश) बहन बहुत-बहुत बधाई हो।

विनोद : (पंकज के साथ प्रवेश) कमलेश जी तुम्हें बहुत-बहुत बधाई हो।

कमलेश : किस प्रसन्नता की बधाई दे रहे हैं आप लोग मुझे ?

विनोद : तुम्हें कुछ ज्ञात नहीं है ?

कमलेश : नहीं।

पंकज : तुम्हारी अकादमी के VIII – X – XII के सभी विद्यार्थी प्रथम श्रेणी में पास हुए हैं और उनमें से आधे विद्यार्थी मैरिट में आये हैं।

कमलेश : (आश्चर्य चकित होकर) सच , लेकिन आप लोगों को कैसे ज्ञात हुआ ?

विनोद : समाचार पत्रों से।

कमलेश : क्या ----यह इतना बड़ा समाचार है कि समाचार पत्रों ने इसे समाचार पत्र में स्थान दिया है।

पंकज : स्थान ही नहीं दिया, तुम्हारा मुख्य पृष्ठ पर फोटो भी छपा है।

कमलेश : नहीं – नहीं ऐसा नहीं हो सकता।

विनोद : मैं समाचार पत्र साथ लाया हूँ (समाचार पत्र निकालकर) यह लो आज का समाचार पत्र, खुद ही देख लो।

कमलेश : (समाचार पत्र देखती है) यह तो वास्तव में हम सबके लिए सुखद समाचार है। इसका श्रेय मेरे आदरणीय भाई श्री पंकज कुमार एवं उनके परम मित्र विनोद कुमार जी को जाता है। और अधिक श्रेय हमारी माताश्री श्रीमती रेशमी जी को जाता है, जिनका आशीर्वाद मेरे साथ सदैव रहा है और मेरी प्रिय भाभी जी को जाता है जिन्होंने मेरे भोजन व समस्त सुविधाओं का ध्यान रखा है। मैं उनकी सदैव श्रणी रहूंगी।

पंकज : तुम इस समय कुछ भूल रही हो?

कमलेश : क्या ?

पंकज : अपनी सहकर्मियों को।

कमलेश : वे और मैं तो एक ही हैं और हम सबका तो यह कर्तव्य है, इसलिए उनका और अपना धन्यवाद किस प्रकार कर सकती हूँ।

विनोद : मैं आपको, आपकी सहकर्मियों सहित धन्यवाद और बधाई देता हूँ।

पंकज : आपने भी तो एम०एस०सी० की परीक्षा दी है।

कमलेश : हाँ।

पंकज : शायद इसी समाचार पत्र में विश्वविद्यालय के कुछ विषयों का परिणाम है। वह भी देख लो

कमलेश : देखती हूँ। (परिणाम देखकर) लगता है अब तो आप लोगों को मिष्ठान खिलाना ही होगा।

पंकज : तुम्हारा क्या रहा ?

कमलेश : प्रथम श्रेणी में उत्तीर्ण हुई हूँ।

विनोद : बधाई हो, बधाई हो।

पंकज : बधाई हो बहन। आखिर बहन किसकी हो।

कमलेश : अब मुझे एक चिन्ता और हो रही है।

पंकज : कौन सी ?

कमलेश : अपने भतीजे और भतीजी की। उनका क्या रहा ?

पंकज : बहन चिन्ता मत करो।

कमलेश : मैं चिन्ता नहीं करूंगी तो और कौन करेगा ?

पंकज : तुम्हारी आशा से अधिक ही उनका परिणाम आया है।

कमलेश : क्या मतलब ?

पंकज : तुमने स्कूल में प्रथम आने के लिए कहा था।

कमलेश : अवश्य आने चाहिए।

पंकज : परन्तु ऐसा नहीं हुआ।

कमलेश : (चिन्तित होकर) फिर क्या रहा, द्वितीय श्रेणी आई है क्या?

पंकज : नहीं।

कमलेश : तृतीय श्रेणी आई है क्या? परन्तु मुझे विश्वास नहीं हो रहा। मुझे तो स्कूल में मैरिट पर प्रथम आने की आशा थी।

पंकज : अरे बहन वे दोनों स्कूल में ही नहीं, राज्य में प्रथम मैरिट में आये हैं।

कमलेश : (प्रसन्न होकर) सच, बधाई हो, बधाई हो आपको।

पंकज : यह तुम्हारे परिश्रम का ही सुफल है।

कमलेश : इसमें मैंने क्या किया। मेरा काम तो पढ़ाना है, परिश्रम तो दोनों बच्चों ने किया है।

पंकज : प्रारम्भ से अब तक उनकी तृतीय श्रेणी आती थी। परिश्रम तो तब भी उन्होंने ही किया था।

कमलेश : अच्छा भाई, जब आपके द्वारा अब तक इतना सहयोग दिया है तो अब ---।

पंकज : पूर्ण विराम क्यों लगा दिया, निः संकोच अपने विचारों को प्रकट करो।

कमलेश : अब हमारे पास 500 विद्यार्थी हैं और इस वर्ष का परिणाम देखकर लगता है यह जगह कम पड़ेगी और अध्यापिका भी। अब आप बताइए हमें क्या करना चाहिए ?

पंकज : इस भवन के जो कमरे खाली पड़े हैं उनको भी किराये पर ले-लेते हैं और अध्यापिका आप नारी संरक्षण गृह से ले आना।

कमलेश : यही उचित रहेगा।

(बाजार से एक झलूस निकलता आ रहा है, जिसमें नारे लगाये जा रहे हैं।)

व्यक्ति -1 : कमलेश देवी।

जनता : जिन्दाबाद – जिन्दाबाद।

व्यक्ति -1 : कमलेश देवी।

जनता : जिन्दाबाद – जिन्दाबाद।

पंकज : अरे बहन यह क्या ?

कमलेश : क्या हुआ भाईसाहब?

पंकज : तुमने सुना नहीं कमलेश जिन्दाबाद के नारे लगाए जा रहे हैं।

कमलेश : नारे नेताओं या अभिनेताओं के नाम के लगाये जाते हैं। और मैं कोई नेता या अभिनेता नहीं हूँ। कमलेश नाम की कोई नेता होगी जिसके नाम के यह नारे लगाये जा रहे हैं।

व्यक्ति-1 : (व्यक्ति -1 तथा जनता का प्रवेश) और आज की नेता केवल आप ही हो मैडम।

कमलेश : मैं (आश्चर्य से) मैंने तो नेता बनने लायक कोई काम नहीं किया। फिर मैं भला किस प्रकार से नेता हो सकती हूँ।

व्यक्ति-1 : आपने तो वह चमत्कार किया है जो आज तक किसी ने नहीं किया।

कमलेश : पहले तो आप सब मुझे अपना परिचय दें। क्योंकि आप शायद गलत जगह पर आये हैं। क्योंकि मैं कोई नेता नहीं, छोटी सी अध्यापिका हूँ।

व्यक्ति-1 : आप छोटी-सी अध्यापिका नहीं हैं, बहुत महान अध्यापिका हैं। अब रहा हमारा परिचय, हम वे अभिभावक हैं जिनके बच्चे आपकी अकादमी में शिक्षा ग्रहण कर रहे हैं और सभी प्रथम श्रेणी से उत्तीर्ण हुए हैं। समाज में आज हमारा व हमारे बच्चों का सिर ऊँचा हुआ है और इसका श्रेय आपको जाता है। इसलिए हम सब आपको सम्मानित करने आये हैं।

कमलेश : छात्रों को शिक्षा देना मेरा कर्तव्य है , सो मैंने केवल उनको शिक्षा दी है, जिसके पास धैर्य है वह जो चाहे प्राप्त कर सकता है । आपके बच्चों के पास धैर्य व परिश्रम करने की शक्ति है इसलिए सब प्रथम श्रेणी में उत्तीर्ण हो गए।

व्यक्ति-2 : वाह मैडम, इसका श्रेय आपने हमारे बच्चों को देकर उनका और मनोबल बढ़ा दिया । इसलिए तो आप सम्मान की पात्र हैं । और आज हम आपका सम्मान अवश्य करेंगे। (सभी माला और बुकों द्वारा कमलेश का सम्मान करते हैं)

## दृश्य – इक्कतीस

(रेशमी देवी विज्ञान एवं सामाजिक विज्ञान अकादमी का मुख्य कार्यालय, कमलेश अपने कमरे में बैठी हुई है।)

पुष्पा : (पुष्पा का प्रवेश) कमलेश बहन नमस्ते।

कमलेश : नमस्ते। राजवन्ती, दुलारी, संतोष नहीं आईं?

पुष्पा : यह लो इन तीनो का आगमन भी हुआ।

राजवन्ती : बहन जी नमस्ते।

दुलारी : बहन जी नमस्ते।

संतोष : बहन जी नमस्ते।

कमलेश : नमस्ते। बैठ जाओ।

पुष्पा : कमलेश बहन जी, आपके कारण हम चारों का जीवन स्तर बदल गया है।

संतोष : आपके कारण हम अपने अतीत को भुलाने की चेष्टा कर रही हैं।

दुलारी : बल्कि भूल चुकी हैं।

राजवन्ती : कमलेश बहन आपके साहस और सहयोग के कारण हमारे जीवन की दिशा ही बदल गयी है।

कमलेश : परन्तु मैं कुछ और ही सोच रही हूँ।

पुष्पा : क्या ?

कमलेश : नारी संरक्षण गृह की शेष लडकियाँ भी उस गंदगी से छुटकारा पाकर यहाँ स्वतंत्र जीवन जियें। वहाँ वह अपने आप अच्छा जीवन व्यतीत नहीं कर रहीं।

पुष्पा : परतंत्रता क्या कभी सुखी रख सकती है मनुष्य को ? वहाँ रहकर क्या वे अपना विकास कर सकती हैं ?

कमलेश : परन्तु चाहते हुए भी वे सब ऐसा प्रबन्ध करने में असक्षम हैं।

दुलारी : मुझे प्रसन्नता आज इस बात की है कि हम सब आज समाज में एक अच्छा जीवन व्यतीत कर रही हैं। शहर में जिधर भी निकलती हैं, लोग सम्मान के साथ हमें अभिवादन करते हैं।

पुष्पा : और इसका श्रेय जाता है बहन कमलेश को।

कमलेश : अब मैं तुम लोगों से एक आशा चाहती हूँ कि इस वर्ष हम विद्यार्थियों के साथ और अधिक परिश्रम करें। जिससे कि छात्र और अधिक मैरिट में आ सकें।

पुष्पा : हम चारों आपको पूर्ण विश्वास दिलाते हैं।

पंकज : (पंकज का प्रवेश) अरे बहन जी अवकाश के समय तो आराम कर लिया करो।

कमलेश : भाईसाहब छात्रों के लिए भविष्य की योजनायें बना रही हैं कि अगले वर्ष परिणाम और अच्छा लाने के लिए हमें कितना परिश्रम करना है।

पंकज : अच्छी अध्यापिकाओं का यही तो गुण है कि सदैव छात्रों के कल्याण के विषय में सोचते हैं।

कमलेश : यह सब आपके आशीर्वाद का सुफल है।

पंकज : मैंने कुछ नहीं किया।

कमलेश : आपका और आपके परिवार का मुझे पूर्ण सहयोग मिल रहा है। इस अविस्मर्णीय सहयोग से ही यह सब हो पाया है , वरना इसकी कल्पना भी निरर्थक थी।

पंकज : आप इस विषय में सोचना बंद करें और मैं तुमसे आवश्यक विचार-विमर्श करना चाहता हूँ।

कमलेश : हाँ-हाँ क्यों नहीं।

पुष्पा : हम चारों अब जा सकती हैं क्या ?

कमलेश : हाँ, तुम चारों जा सकती हो।

पंकज : क्या मैं अपनी बात विचार-विमर्श के लिए रख सकता हूँ?

कमलेश : हाँ – हाँ क्यों नहीं।

पंकज : मेरे मित्र विनोद से तुम अच्छी प्रकार परिचित हो।

कमलेश : हाँ, अच्छी प्रकार से।

पंकज : विनोद सुधारवादी दृष्टिकोण का सुंदर, सौम्य व्यक्तित्व का स्वामी है। और वह मेरा सहकर्मी और परम मित्र भी है।

कमलेश : इस बात से भी मैं अच्छी प्रकार से परिचित हूँ।

पंकज : वह अपने माता-पिता का एक पुत्र और एक बहन है। इससे बड़ी बहन जिसका विवाह हो चुका है। अब विनोद की विधवा माताश्री व विनोद ही घर में रहते हैं।

कमलेश : लेकिन विनोद के व्यक्तिगत जीवन के बारे में आप मुझे क्यों बता रहे हैं?

पंकज : क्योंकि विनोद तुमसे शादी करके तुम्हें अपनी जीवनसाथी बनाना चाहता है। तुम्हारा क्या विचार है?

कमलेश : भाईसाहब मैं अच्छी प्रकार से जानती हूँ कि आप दोनों मेरे बहुत अधिक शुभचिंतक हैं। मैं आपके ऋण से इतनी दबी हुई हूँ कि इस जीवन में यह ऋण मैं चुका नहीं पाऊँगी।

पंकज : मैं यहाँ पर ऋण की बात नहीं कर रहा हूँ। मैं तो आपके हित की बात कर रहा हूँ।

कमलेश : मैं अच्छी प्रकार से जानती हूँ कि आप दोनों ने मेरा हित देखकर ही यह निर्णय लिया होगा। परन्तु आप दोनों यह भी भली-भांति जानते हैं कि मैं कुलीन परिवार की होते हुए भी समाज की दृष्टि में कुल-कलंकनी, पतिता की संज्ञा ही नहीं पा गयी बल्कि परित्यक्ता नारी हूँ। जिसे उसके ही रक्त ने उन भेड़ियों के आगे, जो नरभक्षी बनकर नारियों पर टूटते हैं, मेरे परिवार ने मुझे दूध में पड़ी मक्खी की तरह निकाल कर फेंक दिया। मैं इस गंदगी से निकलकर तो आई हूँ ना।

पंकज : तुम यह सब विस्मरण कर दो। यह मान लो कि तुम एक तूफान में फँस गयी थीं और अब उस तूफान से निकलकर तुम्हें किनारा मिल गया है।

कमलेश : लेकिन मैं रहूंगी तो फिर भी कलंकनी।

पंकज : कलंकनी, पतिता अब अतीत की बातें हो गई हैं। आज विश्व का कौन-सा ऐसा स्थान हैं जहाँ नारियों की लाज न लुटती हो ? तो क्या वह सब नारी बिना घर-गृहस्थी, शादी-विवाह के ही रहती हैं।

कमलेश : परन्तु मुझे अब शादी के नाम से घृणा हो चुकी है। इतनी जल्दी मैं यह सब किस प्रकार से भूल सकती हूँ।

पंकज : अब कोई और विकल्प भी तो नहीं है।

कमलेश : अशोक ने यही सब्जबाग ही तो मुझे दिखाए थे, इसी तृष्णा की तमन्ना लेकर ही तो मैं घर से निकली थी। फिर यह बात किसी बीते हुए युग की नहीं है, कुछ ही समय की तो बात है। आज यदि विनोद जी भावुकता में आकर, समाज सुधारक बनकर मेरा हाथ पकड़ते हैं तो भविष्य में यह भी हो सकता है कि इनकी माताजी, बहन-बहनोई और रिश्तेदार यथार्थ जाकर घृणा करने लगें। या कभी हम दोनों में ही मन-मुटाव हो जाए, तो विनोद जी मेरा अतीत दोहराकर व्यंग्य करने से मान जायेंगे?

पंकज : लेकिन विनोद ऐसा लड़का नहीं है।

कमलेश : भाईसाहब मैं किसी की दया की पात्र बनकर जीना नहीं चाहती।

पंकज : तुम्हारी शंका निरर्थक है। तुम हीन भावना की शिकार हो गयी हो।ऐसा कुछ नहीं होगा इसकी जिम्मेदारी मेरी है।

कमलेश : अब आप मेरे इस उत्तर को जैसा माने मानते रहें। परन्तु यह निश्चित माने कि यह प्रस्ताव मुझे स्वीकार

नहीं है और ना ही किसी परिस्थिति में मैं यह स्वीकार करूंगी।

पंकज : परन्तु क्यों?

कमलेश : सबसे पहले तो मैं अपने पैरों पर मजबूती से खड़ी होना चाहती हूँ।

पंकज : पैरों पर खड़ी तो हो गयी हो।

कमलेश : यह कोई स्थायित्व नहीं है। मैं स्थायी रूप से खड़ा होना चाहती हूँ।

पंकज : परन्तु यह प्रस्ताव तुम्हारे माता-पिता ----

कमलेश : अब मुझे ना माता-पिता से बिछुड़ने का दुःख है और ना ही उस कमीने अशोक की हरकत का, यदि जीवित रही और कुछ कर सकी तो उस धोकेबाज अशोक से प्रतिशोध अवश्य लूँगी।

पंकज : प्रतिशोध किस प्रकार से लोगी, तुम तो अब यहाँ चली आई हो?

कमलेश : अशोक से प्रतिशोध लेने के लिए बस एक बार अपने शहर जरूर जाऊँगी।

पंकज : अर्थात विनोद के विषय में ----।

कमलेश : (हाथ जोड़कर) आप लोगों से हाथ जोड़कर प्रार्थना है कि आप मुझे मेरी शिक्षा पूर्ण करने दें तथा शान्तिपूर्वक जीवन व्यतीत करने दें। अभी शादी जैसे अहम मुद्दे पर कुछ सोचकर मैं अपना मानसिक संतुलन नहीं खोना चाहती।

रेखा : (पंकज की पत्नी रेखा का प्रवेश) शाबाश कमलेश, तुम्हारा दृढ़ निश्चय देखकर मन प्रसन्न हो उठा। मैं तुम्हारे भाई से इस विषय में तुमसे बात करने को मना

कर रही थी कि कमलेश को इतनी जल्दी इस झमेले में मत फांसों। वह इस समय किसी भी प्रकार से तैयार नहीं होगी। परन्तु यह दोनों बहुत उतावले थे। तुम अच्छी प्रकार से मन लगाकर विद्याअध्ययन करो और अपने भविष्य को उज्ज्ज्वल बनाओ। अपने अतीत को बुरा स्वप्न समझकर भूल जाओ। हम दोनों हमेशा तुम्हारे साथ हैं।

कमलेश : भाभी आप लोगों के सहयोग के कारण ही तो मैं इस नगर में रह रही हूँ। मुझे आप लोगों पर पूर्ण विश्वास है। मुझे सगे भाई-भाभी जैसा संरक्षण, स्नेह, प्यार, मान-सम्मान मिला है, इसके अतिरिक्त मुझे कुछ नहीं चाहिए।

# दृश्य – बत्तीस

(रेशमी देवी विज्ञान एवं सामाजिक विज्ञान भवन में कमलेश अपने कमरे में छात्रों को पढ़ा रही है, बाकि अध्यापिका भी अपने-अपने कमरों में छात्रों को पढ़ा रही हैं)

अशोक : (कमलेश के कमरे के मुख्य द्वार पर आकर) कमलेश।

कमलेश : (पढाने में मग्न थी, सिर ऊपर उठाकर देखा, दरवाजे पर दृष्टि पड़ते ही जैसे करंट लगा हो।) कौन?

अशोक : मैं अशोक। (हाथ में लिफ़ाफा लिए कमलेश की ओर बढ़ा)

कमलेश : तू कमीने हरामखोर तेरी हिम्मत किस प्रकार हुई यहाँ आने की ?

अशोक : तेरे पास नहीं तो और किसके पास आऊँगा?

कमलेश : (कुर्सी से खड़ी हो जाती है) तुम यहाँ किस लिए आये हो ? मेरा पता किसने दिया।

अशोक : तुम कितनी ही छिप जाओ आखिरकार मैंने तुम्हें ढूंढ ही लिया।

कमलेश : अच्छा मुझे ढूंढ लिया। (क्रोध से) पुष्पा, दुलारी सभी बच्चे तुरंत इधर आओ (सभी अध्यापिका व बच्चे कमलेश के कमरे के मुख्य द्वार पर आ गये) कमीने मैं ठीक करूंगी तुझे। (अशोक का कोलर पकड़कर थप्पड़ मारती है)

अशोक : छोड़ो मुझे।

कमलेश : यही है वह लुच्चा, लफंगा, कमीना, बदमाश जिसने मेरा जीवन बर्बाद कर दिया, आज इसे सीधा करना है।

(पुष्पा व अन्य अध्यापिका अशोक को चप्पल निकाल कर पीटने लगीं। जिसको जो मिला उससे ही वह पीटने लगा।)

पुष्पा : कमीने आज हम तुझे जिन्दा नहीं छोड़ेंगे। तुझे तो अभी हम पुलिस के हवाले करते हैं।

कमलेश : हाँ, यह ठीक है इसे पकड़कर एक कमरे में बंद कर दो। पुलिस को फोन करके बुलाती हूँ, वह इसकी आवारागर्दी सब निकाल देगी।

पंकज : (पंकज का प्रवेश) अरे यहाँ पर यह क्या हो रहा है ?

कमलेश : भाईसाहब यह वही है अशोक, जिसने मुझे प्रेम के जाल में फँसा कर, मेरे लाखों रूपये लूटकर, मुझे गंदगी में फेंककर मेरा जीवन बर्बाद कर दिया। आज इसको सीधा करना है।

पंकज : अच्छा यह वही अशोक है। मैं सीधा करता हूँ। (पंकज भी अशोक को मारने लगता है)

अशोक : मुझे छोड़ दो। (अशोक के हाथ का लिफ़ाफा नीचे गिर जाता है)

पंकज : चल थाने चल तुझे पुलिस को देता हूँ। (बाहर सड़क पर आ जाते हैं।)

अशोक : मुझे छोड़ दो (सड़क पर अशोक की मोटरसाईकिल खड़ी है, वह किसी प्रकार से अपने को पंकज से मुक्त करवाकर मोटरसाईकिल पर बैठकर भाग जाता है) देख लूँगा, मैं तुम सबको देख लूँगा। ऐसा बर्बाद करूँगा कि जीवन भर रोओगी।

पंकज : देखेंगे तो हम तुझे, फिर यहाँ आकर दिखाना। बर्बाद तो मैं करूँगा तुझे।

कमलेश : (कमलेश की दृष्टि अशोक के हाथ से गिरे लिफाफे पर पड़ती है) अरे यह तो वही लिफ़ाफा है जो अशोक मुझे देना चाहता था। देखूं क्या है इसमें ? (लिफ़ाफा उठाकर खोल कर देखती है, विलाप करने लगती है।)

पंकज : अरे, यह क्या हुआ, बहन यह पत्र तुम्हारे पास कहाँ से आया ?

कमलेश : भाईसाहब, मेरे पिताश्री मेरी छोटी बहन प्रोमिला की शादी इस लुच्चे-लफंगे अशोक से कर रहे हैं।

पंकज : क्या ?

कमलेश : हाँ, इसलिए अशोक मुझे जलाने आया था। मेरी बहन तो बर्बाद हो जाएगी। भाईसाहब यह लुच्चा तो उसे बेच आएगा।

पंकज : फिर क्या करना है ?

कमलेश : यह शादी रोकनी है।

पंकज : परन्तु इसका निर्णय तो तुम्हारे पिताश्री ने ही लिया होगा ?

कमलेश : पता नहीं मेरे माता-पिता किस प्रकार इसके धोखे में आ गये। अब मैं क्या करूँ? (विलाप करती है)

पंकज : यह कौन-सी बड़ी बात है।

कमलेश : कैसे ?

पंकज : तुम फोन से अपने पिताजी को बता दो, या अपनी छोटी बहन को फोन कर दो।

कमलेश : हमारे घर फोन नहीं है।

पंकज : मोबाईल होगा।

कमलेश : वह भी नहीं है।

पंकज : फिर तुम चली जाओ।

कमलेश : भाईसाहब मैं तो जा नहीं सकती।

पंकज : क्यों ?

कमलेश : क्योंकि पिताश्री तो मेरा मुँह देखना भी पसंद नहीं करते। अब आप ही मेरी सहायता करें।

पंकज : किस प्रकार से करूँ?

कमलेश : एक बहन की लाज की रक्षा की है , एक बहन की और सहायता करके उसका उद्धार करो । सच भाईसाहब, अन्यथा उसका जीवन भी बर्बाद हो जायेगा।

पंकज : आखिर तुम्हारे पिताश्री ने यह रिश्ता किस प्रकार से कर दिया ?

कमलेश : अशोक धूर्त है, ना जाने किस युक्ति से वह इस कार्य में सफल हो गया।

पंकज : यह तो तुम्हें ही ज्ञात होगा।

कमलेश : वास्तव में हमारे प्रेम सम्बन्ध के विषय में मेरे माता-पिता को ठीक प्रकार से ज्ञात नहीं है। इसके कारण वे अन्धकार में रहे होंगे। ज्ञात नहीं अशोक ने उनसे क्या कहा होगा। इसने यदि अपने कुकर्म बताये होते तो वे किसी कारण से भी इस शादी के लिए सहमत नहीं होते।

पंकज : घबराने की आवश्यकता नहीं है, यदि तुम नहीं जाना चाहती तो मत जाओ।

विनोद : हम लोग चले जायेंगे और तुम्हारे माता-पिता को यथार्थ से अवगत करा देंगे।

पंकज : माना कि घर पर फोन नहीं है, परन्तु आसपास जान-पहचान वालों के घर तो फोन अवश्य होगा।

कमलेश : हाँ , मेरी छोटी बहन प्रोमिला की सहेली है, वीरा, उसके घर पर फोन है उसके पिता का नाम है जयसिंह।

पंकज : क्या उसका नम्बर याद है ?

कमलेश : हाँ, और वहाँ प्रोमिला भी आ सकती है।

पंकज : बस तो देर किस बात की, मैं फोन मिलाता हूँ, तुम वीरा द्वारा प्रोमिला को बुलाकर उससे बात करो । नम्बर बताओ।

कमलेश : 248211 नम्बर है , परन्तु एक समस्या है।

पंकज : क्या?

कमलेश : पिताश्री मेरा नाम सुनकर प्रोमिला को कभी नहीं भेजेंगे। सारा मामला ही गड़बड़ हो जायेगा।

विनोद : तो एक बात हो सकती है।

कमलेश : क्या ?

विनोद : अशोक उस शहर इतनी जल्दी पहुँच नहीं सकता। इस शहर से उस शहर तक पहुँचने में लगभग तीन घंटे जरूर लग जायेंगे। प्रोमिला की अशोक से मँगनी तो हो ही चुकी है, क्यों ना मैं अशोक बनकर वीरा द्वारा प्रोमिला को बुलवा लूँ, तुम्हारे माता-पिता इसमें कोई आपत्ति भी नहीं करेंगे।

कमलेश : अरे वाह, विनोद जी वाह, कितना सर्वोत्तम सुझाव है। बस आप लोग ऐसा ही कीजिए। वहाँ पर अशोक किसी को यह बताकर नहीं आया होगा कि मैं कमलेश को कार्ड देने जा रहा हूँ।

पंकज : परन्तु मुझे यह बात समझ में नहीं आई कि अशोक को तुम्हारा पता किस प्रकार से लगा कि तुम यहाँ हो?

कमलेश : ना जाने वह दुष्ट किस प्रकार से पता लगाकर यहाँ पहुँच गया।

विनोद : यह कार्ड जो अशोक यहाँ देकर गया है वह किस चीज में लिपटा था?

कमलेश : समाचार पत्र।

विनोद : वह समाचार पत्र कहाँ है?

कमलेश : (नीचे पड़ा था) यह पड़ा।

विनोद : इसे मुझे दो।

कमलेश : यह लो।

विनोद : (समाचार पत्र लेकर उसे खोलकर देखता है) यह देखिए।

कमलेश : क्या?

विनोद : इस समाचार पत्र में तुम्हारी अकादमी का परिणाम और तुम्हारा फोटो छपा है तथा अकादमी का पता छपा है, इसी से उसे तुम्हारा पता चल गया।

कमलेश : बिल्कुल ठीक कहा आपने।

पंकज : अच्छा अव तुम तैयार हो जाओ। मैं फोन मिला रहा हूँ।

महिला : (उधर से) हैलो ---हैलो --- ।

विनोद : हैलो ---हैलो ---आपके पड़ोस में प्रोमिला रहती है, क्या आप उससे बात करवा सकती हैं ?

महिला : हाँ – हाँ क्यों नहीं, आप कौन बोल रहे हैं ?

विनोद : मैं अशोक बोल रहा हूँ, प्रोमिला का मंगेतर । आप प्रोमिला से बात करवाने का कष्ट कर सकती हैं ?

महिला : आप पाँच मिनट प्रतीक्षा करेंगे या दोबारा मिलायेंगे ?

विनोद : मैं प्रतीक्षा कर रहा हूँ।

(अंतराल)

प्रोमिला : (प्रोमिला का वीरा के घर प्रवेश, भागकर फोन का रिसीवर उठाती है) हैलो---हैलो---मैं प्रोमिला बोल रही हूँ।

कमलेश : हैलो प्रोमिला (गला भर आया)

प्रोमिला : आप कौन बोल रही हैं, अभी तो अशोक का फोन था। हैलो बोलो।

कमलेश : प्रोमिला, मैं तुम्हारी बहन कमलेश बोल रही हूँ। मेरी बात पूरी सुने बिना फोन मत काटना प्लीज।

प्रोमिला : दीदी, आप ? (कंपित स्वर में बोली)

| | | |
|---|---|---|
| कमलेश | : | हाँ, प्रोमिला मैं बोल रही हूँ। यह बताओ कि क्या अशोक के साथ तुम्हारी शादी तय हो गई है ? |
| प्रोमिला | : | आपको कैसे पता है ? |
| कमलेश | : | वह आज शादी कका निमन्त्रण पत्र देने मेरे पास आया था। |
| प्रोमिला | : | क्या, अशोक को पता है कि आप कहाँ पर हैं ?उसने तो हमें कभी नहीं बताया कि तुम्हारा पता क्या है ? |
| कमलेश | : | उसे मेरे पते के विषय में कोई ज्ञान नहीं था, परन्तु आज पता नही किस प्रकार से आ गया। |
| प्रोमिला | : | अच्छा। |
| कमलेश | : | तुम्हारी शादी की बात किसके द्वारा चलाई गयी? |
| प्रोमिला | : | अशोक ने अपने माता-पिता को हमारे घर भेज कर शादी का प्रस्ताव भेजा था। |
| कमलेश | : | माताश्री और पिताश्री इस अंतर्जातीय विवाह के लिए सहमत हो गए ? |
| प्रोमिला | : | हाँ। |
| कमलेश | : | क्यों ? |
| प्रोमिला | : | क्योंकि वह एक धनी माता-पिता का सुंदर और सुशिक्षित बेटा है। |
| कमलेश | : | प्रोमिला मेरी बहन, मेरी बात ध्यान से सुनो। |
| प्रोमिला | : | बोलो दीदी। |
| कमलेश | : | अशोक ने ही मेरा जीवन बर्बाद किया है। वही मुझे शादी का प्रलोभन देकर भगाकर लाया था। मुझसे सारे रूपये लूटकर, मुझे होटल में अकेला छोड़कर भाग खड़ा हुआ। इसके कारण मैं कैसे-कैसे अत्याचारों की |

शिकार हुई, कैसे नारी संरक्षण गृह पहुँची और किस प्रकार वहाँ की गंदगी से बाहर निकली यह सब फोन पर नहीं बता सकती। तुम उस कपटी व चालबाज के चक्कर से बचो। मेरा रोम – रोम घृणा से जल रहा है, मेरी बहन।

प्रोमिला : दीदी तुम घर वापिस आ जाओ ना।

कमलेश : मैं वहाँ कहाँ रुकूँगी?

प्रोमिला : किसी होटल में रूक जाना, क्योंकि पिताश्री तो तुम्हें सहन नहीं करेंगे।

कमलेश : सोचकर बताती हूँ।

प्रोमिला : शादी का केवल एक सप्ताह रह गया है, निमन्त्रण पत्र छप कर आ चुके हैं। कैसे, किस प्रकार से होगा, मैं स्तब्ध रह गई हूँ।

कमलेश : मेरे बारे में सबको क्या ज्ञात है?

प्रोमिला : यहाँ पर सबको यह ज्ञात है कि तुम नरेश के साथ भाग गई हो।

कमलेश : वही, अशोक का मित्र ?

प्रोमिला : हाँ – हाँ वही। उसका यहाँ से स्थानान्तरण भी हो गया है।

कमलेश : हाँ उसने ही हम दोनों की भागने में सहायता की थी। परन्तु दूसरे शहर के होटल मेंपहुँचकर वापिस आ गया था।

प्रोमिला : दीदी यह सब हमें क्या पता। पिताश्री बहुत अस्त-व्यस्त हो जायेंगे। दोनों ओर से शादी की तैयारी जोर-शोर से चल रही है।

कमलेश : वह तो होंगे ही, परन्तु यदि अब भी तुम कपटी अशोक के जाल से निकलना नहीं चाहती हो तो आगे तुम जानो तुम्हारा काम।

प्रोमिला : नहीं दीदी, मैं अब, जब तक सत्य की जानकारी प्राप्त नहीं कर लूँगी चैन से नहीं बैठूंगी।

कमलेश : क्या मेरी बातों पर तुम्हें विश्वास नहीं है?

प्रोमिला : तुम्हारी बातों पर मुझे पूर्ण विश्वास है, परन्तु माता-पिताश्री को विश्वास किस प्रकार से प्राप्त होगा।

कमलेश : फिर उन्हें किस प्रकार से विश्वास दिलाऊँ?

प्रोमिला : तुम यहाँ आ जाओ तो बात बन सकती है। कैसे भी हो परन्तु यहाँ आ जाओ।

कमलेश : क्या मेरे बिना आये बात नहीं बन सकती?

प्रोमिला : नहीं दीदी, नहीं तो तुम्हारी बहन भी कहीं तुम जैसी गंदगी भोगने के लिए न झोंक दी जाए। पिताश्री का क्रोध तो तुम जानती ही हो।

कमलेश : पिताश्री को तुम समझाने का प्रयास करो।

प्रोमिला : पिताश्री को जब तक उसकी चालबाजी के पक्के सबूत नहीं मिलेंगे, वे इन सब बातों को तुम्हारी ईर्ष्या का कारण मानेंगे।

कमलेश : ठीक है फिर मैं कल आ रही हूँ।

प्रोमिला : कहाँ पर ?

कमलेश : रेलवे रोड पर होटल मीनाक्षी में रुकूँगी परन्तु इससे पहले एक काम करो।

प्रोमिला : क्या ?

कमलेश : कम से कम माताश्री को अवश्य सब कुछ बता देना।

प्रोमिला : नहीं दीदी।

कमलेश : क्यों ?

प्रोमिला : जब तक मैं अपने कानों से सब कुछ नहीं सुन लूँगी, मैं किसी को कुछ नहीं बताऊँगी।

कमलेश : ठीक है, कल तक अशोक भी वहाँ पहुंच जायेगा या आज पहुंच जायेगा। क्योंकि इस नगर से उस नगर की दूरी है ही कितनी?

प्रोमिला : दीदी आप कल किस समय तक पहुंच जाओगी?

कमलेश : मैं कल 10 बजे तक मीनाक्षी होटल पहुंच जाऊँगी और तुम्हें फोन कर दूंगी। मेरा कमरा होगा 210 बुक करवा दिया है फोन पर।

(रेलवे रोड शहर का सबसे व्यस्त क्षेत्र। मीनाक्षी होटल शहर का सबसे प्रसिद्ध भारतीय संस्कारों से परिपूर्ण, वैष्णव भोजन और स्वच्छता यहाँ की विशेषता है।)

(अंतराल)

प्रोमिला : (होटल में प्रवेश, कमरा नम्बर 210 के बाहर प्रोमिला घंटी बजती है।) खोलो।

कमलेश : (दरवाजा खोलती है) प्रोमिला। (दोनों ने क्षण भर के लिए एक-दूसरे को निहारा, फिर गले मिलकर फूट-फूटकर दोनों रो पड़ीं।) चुप हो जा चिन्ता मत कर (प्रोमिला के आंसुओं को रुमाल से पोंछती है, फिर बेड पर बिठा देती है।) आजा यहाँ बैठ जा, पानी पी ले।

प्रोमिला : (पंकज और विनोद को देखकर) ये कौन हैं ?

कमलेश : ये मेरे पंकज भाईसाहब हैं। यदि इन्होंने मुझे सहायता और आश्रय नहीं दिया होता तो आज मैं किसी गंदगी में

फंसी होती, जहाँ से निकलना असम्भव है। मेरे लिए ये देवता समान हैं।

प्रोमिला : (विनोद जी की तरफ इशारा करके) और ये ?

कमलेश : इनका नाम विनोद है ये पंकज भाईसाहब के मित्र और सहकर्मी हैं। बहुत अच्छे व्यक्ति हैं। पंकज भाईसाहब के साथ-साथ ये भी मेरी अविस्मर्णीय सहायता करते हैं।

पंकज : अच्छा बहन, हम चाय-नाश्ते का सामान लेने जा रहे हैं, तब तक तुम दोनों बहने बात करो।

कमलेश : ठीक है भाईसाहब।

प्रोमिला : दीदी आप सब बातें मुझे बताने का कष्ट करें। क्योंकि मुझे कुछ भी पता नहीं है।

कमलेश : मैं तुम्हें संक्षेप में सारी बातें बताती हूँ। पूर्ण बाद में बताउंगी।

प्रोमिला : बताओ दीदी।

कमलेश : मैं और अशोक महाविद्यालय में साथ-साथ पढ़ते थे। ये मुझे देखते ही मेरे सौन्दर्य का दीवाना हो गया और मुझे फँसाने के चक्रव्यूह रचता रहा। जब बात नहीं बनी तो किसी साधू महात्मा से कोई भभूत लाया और मौका देखकर मुझे चाय में डालकर पिला दी। वह चाय पीने के उपरान्त मैं इसकी दीवानी हो गयी और हम दोनों प्रेम करने लगे। परन्तु यह मुझसे प्रेम का नाटक करता रहा। बी०एस०सी० की परीक्षा समाप्त होने पर इसने मुझे शादी करने के सब्जबाग दिखाए तथा कहा कि घर से पैसे व आभूषण लेकर आ जाओ बाहर शादी करेंगे या अपने घर बात कर लो। मैंने माताश्री-पिताश्री से बिना अशोक का नाम लिए अंतर्जातीय विवाह के लिए

बात की। उन्होंने अपनी असहमति प्रकट करके मुझे धमका कर चुप करा दिया। उधर अशोक अपने साथ खिंचवाए फोटो सबको दिखाकर बदनाम करने की धमकी देकर ब्लेक मेल करता रहा, मजबूर होकर मुझे उसके साथ जाना पड़ा। मुझसे सारे पैसे धोखे से लेकर मुझे अकेली होटल में छोड़कर भाग आया।

उसके बाद होटल से मैं बड़ी कठिनता से निकल पाई। एक स्त्री मिली वह बेटी बनाकर रेल से सीधे अपने घर ले गयी। उस स्त्री ने मुझे गुंडों को बेच दिया। वहाँ से अवसर देखकर अपनी इज्जत बचाकर भागी, उसी समय पंकज भईया मिले, इनकी सहायता से पुलिस स्टेशन पहुँची। पुलिस द्वारा गुंडों को पकडवाया और वहाँ फंसी सभी लड़कियों को मुक्त करवाया। पुलिस ने नारी संरक्षण गृह भेज दिया। वहाँ का वातावरण ठीक न होने के कारण अपनी इज्जत बचाने के लिए तीसरी मंजिल से कूदकर आत्महत्या करनी चाही। परन्तु मरी नहीं, पैर की हड्डी अवश्य टूट गयी। ठीक होने के उपरान्त पंकज भईया अपनी माँ को साथ लाकर मुझे अपने घर ले गए। उनके पास कोई बहन नहीं है, अब मैं ही बहन हूँ। इनके सहयोग से ट्यूशन पढ़ाना आरम्भ किया व अकादमी खोली। मेरी अकादमी का परीक्षा परिणाम मेरे पते व मेरे फोटो सहित समाचार पत्रों में प्रकाशित हुआ। उसी के द्वारा अशोक को मेरा पता लगा और कल वह शादी का कार्ड लेकर मेरे पास पहुँच गया। यह मेरी संक्षिप्त कहानी है।

प्रोमिला : जब अशोक निमन्त्रण पत्र देकर आया, आपने उससे कुछ नहीं कहा?

कमलेश : उसकी जमकर सबने पिटाई की। उससे पूछ लेना। यह अशोक के और मेरे फोटो हैं जो कभी अशोक के साथ भागने के पश्चात स्थान-स्थान पर हम दोनों ने खिंचवाए थे।

प्रोमिला : दीदी तुम्हारी इतनी दर्दनाक कथा सुनकर तो मेरा मन अशोक के प्रति घृणा से भर गया है। अब इच्छा होती है कि चलकर उसका गला घोंट दूँ।

कमलेश : क्या तुमने तो कोई गलती नहीं की?

प्रोमिला : मैं अपने भावी पति अशोक से प्रेम करने लगी हूँ।

कमलेश : मैंने भी उसे अपना भावी पति समझकर ही प्रेम किया था।

प्रोमिला : परन्तु मैं माता-पिता से छुपकर अनेक बार उसके साथ होटलों का सुख भोग चुकी हूँ।

कमलेश : अशोक के साथ अब तुम्हारी शादी नहीं हो पाएगी।

प्रोमिला : परन्तु अब माता-पिता इतनी जल्दी वर कैसे तलाश कर पाएंगे?

कमलेश : यह समस्या भी विकट है।

प्रोमिला : अब मैं वापिस घर जाती हूँ और सारी बात माता-पिता से बताती हूँ। उसके बाद जो भी होगा मैं बताऊँगी। मुझे इस समय बहुत चिन्ता हो रही है।

कमलेश : मुझे अब अशोक की प्रतीक्षा है।

प्रोमिला : क्या उसे भी यहाँ बुलाया है?

कमलेश : हाँ, क्योंकि उसी के मुँह से सारा सत्य निकलवाना है।

प्रोमिला : अच्छा मैं चलती हूँ कल प्रातः मैं पुनः अपने कार्यबद्ध कार्यक्रम के अनुसार वापिस आती हूँ।

# दृश्य – तैंतीस

(प्रोमिला का घर, प्रोमिला अपने घर जाकर दरवाजे पर लगे कॉल बेल का स्विच को दबाती है, अंदर से आवाज आती है।)

रेणुका : आई, कौन है ?

प्रोमिला : मैं हूँ माताश्री।

रेणुका : (दरवाजा खोलती है) आ गई बेटा।

प्रोमिला : हाँ, माताश्री।

रेणुका : आजा, तुम्हारे पिताश्री तुम्हारी बहुत देर से प्रतीक्षा कर रहे हैं।

प्रोमिला : क्यों? क्या कोई काम था ?

रेणुका : शादी-विवाह का घर है, कुछ ना कुछ काम तो पड़ता ही रहता है। इतनी देर किस प्रकार से लग गयी ?

प्रोमिला : माताश्री समस्त बातें दरवाजे पर ही करोगी या अंदर भी करोगी ?

रेणुका : अच्छा, अंदर चल पहले।

प्रोमिला : नमस्ते पिताश्री।

अमर : नमस्ते, आ गई बेटा।

प्रोमिला : हाँ, आप दोनों से एक विशेष समस्या पर बात करनी है।

अमर : ऐसी क्या गम्भीर समस्या है ?

प्रोमिला : तत्कालीन परिवेश के सम्बन्ध की समस्या है।

अमर : फिर भी ?

प्रोमिला : मैं अशोक से शादी नहीं करूंगी।

अमर : (चिन्तित होकर) क्या ? शादी नहीं करोगी, तुम्हें पता है तुम क्या कह रही हो ?

प्रोमिला : मैं बिल्कुल ठीक कह रही हूँ।

अमर : जो लड़का कल तक तुम्हें बहुत अच्छा लगता था, आज उसमें क्या कमी निकल आई ?

प्रोमिला : कमी तो पहले भी थी परन्तु हमें ज्ञात नहीं था।

रेणुका : साफ-साफ कहो बेटी क्या बात है ?

प्रोमिला : जिस व्यक्ति ने मेरी बहन का जीवन नष्ट किया हो, मैं उससे शादी नहीं करूंगी।

अमर : तुम्हारी बहन का जीवन अशोक के मित्र नरेश ने नष्ट किया है। इसीलिए वह वापिस शहर में नहीं आया।

प्रोमिला : नरेश का यहाँ से स्थानान्तरण हो गया, तो वह यहाँ किसलिए आएगा ?

अमर : हम तुम्हारी इस बात से सहमत नहीं हैं।

प्रोमिला : आप मेरी बात पर विश्वास क्यों नहीं कर रहे ?

रेणुका : तुमसे यह बात किसने बताई ?

प्रोमिला : दीदी ने।

अमर : दीदी ने, तुम्हें दीदी कहाँ मिल गयी ?

प्रोमिला : मिल गई तभी तो बता रही हूँ।

रेणुका : उस बदचलन लड़की ने अपना जीवन तो बर्बाद कर ही लिया, अब तुम्हारा जीवन भी नष्ट करना चाहती है।

प्रोमिला : मेरा जीवन नष्ट नहीं करना चाहती बल्कि नष्ट होने से बचाना चाहती है।

अमर : यह उसकी कोई चालबाजी है, सोचती होगी कि मेरा तो अंतर्जातीय विवाह मेरे प्रेमी से किया नहीं। अब प्रोमिला का क्यों कर रहे हैं। इसे किसी प्रकार से रोको।

प्रोमिला : आपको ज्ञात है दीदी का वह प्रेमी कौन था ?

रेणुका : नरेश।

प्रोमिला : नहीं।

रेणुका : फिर कौन था ?

प्रोमिला : अशोक।

अमर : कमलेश उसे बदनाम करके उससे तुम्हारी शादी रुकवाना चाहती है।

प्रोमिला : पापाश्री ऐसी बात नहीं है।

अमर : इसका प्रमाण क्या है तुम्हारे पास ?

प्रोमिला : दीदी के साथ अशोक के फोटो।

रेणुका : क्या ?

प्रोमिला : हाँ।

अमर : कहाँ हैं ?

प्रोमिला : मेरे पास।

अमर : तुम्हारे पास कहाँ से आये ?

प्रोमिला : दीदी ने दिए।

अमर : लाओ दिखाओ।

प्रोमिला : फिर आपको विश्वास करना पड़ेगा।

अमर : पहले वह फोटो तो दिखाओ ?

प्रोमिला : (पर्स से फोटो निकलकर देती है) यह लीजिये।

अमर : (फोटो देखता है) अच्छा तो यह बात है।

रेणुका : मुझे भी दिखाओ मैं भी देखूँ।

अमर : (फोटो देकर) यह लो।

प्रोमिला : हाँ तो माताश्री व पिताश्री अब बताइए आपका क्या विचार है, अब आपको विश्वास आया या नहीं ?

अमर : अब तो तुम्हारी बात का विश्वास करना ही पड़ेगा।

रेणुका : अब आगे किस प्रकार से कार्यवाही की जाए ?

अमर : पहले यह पता लगाया जाए कि अशोक आज यहाँ पर है या नहीं।

प्रोमिला : इसका पता किस प्रकार से लगाया जाए ?

अमर : फोन द्वारा।

प्रोमिला : फोन द्वारा कौन करेगा ?

अमर : तुम।

प्रोमिला : मैं ?

अमर : हाँ, पड़ोस में अपनी सहेली के घर से।

प्रोमिला : नहीं पिताश्री, सहेली के घर फोन करने जाने की आवश्यकता नहीं है।

अमर : क्यों ?

प्रोमिला : क्योंकि मैं बाजार से जिओ फोन खरीद लाई हूँ।

अमर : अच्छा, यह तो महंगा होगा।

प्रोमिला : नहीं, बहुत सस्ता है।

रेणुका : कितने का है ?

प्रोमिला : 700/- रूपये का और 15 मिनट में ही चालू भी कर दिया।

अमर : बहुत अच्छा किया। अब तुम अपने फोन से ही पता कर लो।

प्रोमिला : (फोन मिलाती है) हैलो ---हैलो---

अशोक : हैलो ---कौन ?

प्रोमिला : मैं प्रोमिला बोल रही हूँ।

अशोक : हाय रानी, क्या हाल हैं जान , कैसे फोन किया ?

प्रोमिला : एक आवश्यक कार्य है। उस सम्बन्ध में मिलना चाहती हूँ।

अशोक : कब और कहाँ ?

प्रोमिला : कल प्रातः 10 बजे, होटल मीनाक्षी, कमरा नम्बर 220।

अशोक : ओके, मिलने के बाद वहाँ से पिक्चर चलेंगे।

प्रोमिला : ओके।

## दृश्य – चौंतीस

(शहर का सबसे व्यस्त क्षेत्र, रेलवे रोड, रेलवे रोड पर सबसे अच्छा होटल मीनाक्षी। होटल का कमरा नम्बर 220 )

अमर : (मीनाक्षी होटल के कमरा नम्बर 220 के मुख्य द्वार पर लगा घंटी का बटन दबाता है) खोलो।

पंकज : (अंदर से आवाज आती है) खोलता हूँ। नमस्ते।

अशोक : क्या कमरा नम्बर 220 यही है ?

पंकज : जी हाँ, आप निःसंकोच आ सकते हैं।

रेणुका : इसी कमरे में आना है ?

पंकज : माताश्री प्रणाम आइये।

प्रोमिला : नमस्ते।

पंकज : आओ प्रोमिला बहन।

(कमलेश मुँह छिपाकर कमरे के एक कोने में खड़ी हो जाती है।)

रेणुका : (रेणुका की दृष्टि अपनी बेटी कमलेश पर जाती है। माँ का हृदय ममता से उफन-उफनकर पड़ रहा था। रेणुका अपनी बेटी का समस्त अपराध भूलकर उसके पास दौड़कर जाती है। कमलेश को अंग में भर कर फूट-फूट कर रोने लगती है) बेटी ---।

कमलेश : (कमलेश भी माँ से लिपटकर विलाप करने लगती है। जब मन का आवेग थमा तो दोनों बेड पर आ बैठी।) माताश्री---माताश्री मुझे क्षमा कर दो। मेरा अपराध अक्षम्य है, परन्तु मुझे क्षमा कर दो।

रेणुका : चुप हो जा बेटी, प्रोमिला ने तुम्हारे बारे में सब बता दिया। इसमें तुम्हारा कोई दोष नहीं है। तुम्हारे भोलेपन का लाभ उठाकर उस कपटी ने तुम्हें छला है।

कमलेश : (पिताश्री अमर के कंधों से जाकर लिपट जाती है। विलाप करती है) पिताश्री मुझे क्षमा कर दो।

अमर : ठीक है बेटी बैठ जाओ। तुम्हें क्षमा करने के उपरांत ही हम यहाँ तुमसे मिलने आये हैं।

पंकज : (चाय-नाश्ता ले आता है) आइये, पहले आप लोग चाय नाश्ता लीजिये।

विनोद : बातें तो बाद में करते रहना, पहले चाय-नाश्ता ले लो। वरना ठंडा हो जायेगा।

अमर : आप दोनों का परिचय ?

पंकज : मैं कमलेश का भाई, पंकज।

विनोद : मैं पंकज का मित्र व सहकर्मी विनोद।

अमर : मैं समझ गया। प्रोमिला आप दोनों के विषय में मुझे बता चुकी है। आप दोनों का बहुत-बहुत धन्यवाद।

पंकज : इसकी कोई आवश्यकता नहीं है, कमलेश को मैं अपनी बहन मानता हूँ। इस नाते मैं जो कुछ कर सकता था कर रहा हूँ।

अशोक : (कमरा नम्बर 220 के मुख्य द्वार पर आकर घंटी बजता है) खोलो।

प्रोमिला : (सबको आड़ में हो जाने का संकेत किया। सब आड़ में होकर छिप गए और आगे जाकर सिटकनी खोल दी) आइये।

अशोक : हैलो, मेरी जान, मेरी रानी किसलिए बन्दे को याद किया ?

प्रोमिला : अंदर कमरे में आओ। (अशोक के कमरे में आने पर सिटकनी लगा दी)

अशोक : (अशोक ने कमरे के अंदर प्रवेश के उपरांत सब पर उसकी दृष्टि पड़ते ही उसके चेहरे का रंग उड़ गया। पैर कांपने लगे) मुझे यहाँ क्यों बुलाया है प्रोमिला, मेरे विरूद्ध कोई षड्यंत्र रचा गया है । मैं सीधा कर दूंगा तुम्हें (पलटकर सिटकनी खोलना चाहता है) मैं बर्बाद कर दूंगा तुम्हें।

अमर : (बड़ी तेजी से अपनी कुर्सी से उठा और अशोक का गला पकड़ लिया) अरे गुण्डे, लुच्चे, बदमाश, हमें बर्बाद करने वाले, मेरी बेटी कमलेश का जीवन नष्ट करने वाले, अब तू बचकर कहाँ भागेगा। छोटी बेटी का भी जीवन नष्ट करने पर तुला हुआ था। सारा दोष तू नरेश पर मंढता रहा और स्वयं पाक-साफ़ दिखाकर ही स्वयं ने ही यह घृणित कदम उठाया । मैं आज तुझे जान से मारकर ही दम लूँगा ।जूतों से पिटाई करता है।

अशोक : (अमर के पैरों में गिरकर) मुझे क्षमा कर दो, मुझे क्षमा कर दो, गलती हो गई , मुझे क्षमा कर दो।

अमर : (पीटता है) गलती हो गई, क्षमा कर दो। मैं करूँगा तुझे क्षमा।

(कमरे की घंटी बजती है)

पंकज : (पंकज ने दरवाजा खोला) आप कौन हैं ?

करोड़ीमल : मैं अशोक का पिता करोड़ीमल हूँ और यह अशोक की माता यशोदा है।

यशोदा : क्या हुआ मेरे बेटे को ?

पंकज : आप----।

करोड़ीमल : यहाँ से हमारे पास फोन गया था कि अशोक की दुर्घटना हो गई है।

पंकज : हाँ – हाँ आप अंदर आ जाइये, अशोक अंदर ही है।

करोड़ीमल : (अंदर का दृश्य देखकर) अरे यहाँ पर ये क्या हो रहा है ? यह फोन किसने किया था ?

प्रोमिला : मैंने किया था ?

करोड़ीमल : क्यों ?

प्रोमिला : जिससे कि आप दोनों अपने बेटे के कुकर्मों से परिचित हो सकें।

करोड़ीमल : परन्तु तुमने तो कहा था कि अशोक का एक्सीडेंट हो गया है। इसीलिए तो हम दौड़े हुए आये हैं। परन्तु यहाँ तो कुछ और ही हो रहा है। अशोक किसने तेरा यह हाल किया, खड़ा हो जा।

अमर : मेरी बेटी प्रोमिला बहुत समझदार है जो हमसे बिना आज्ञा लिए आप दोनों को यहाँ बुला लिया। आप लोग आराम से बैठिये और इसके कुकर्मों को सुनिए।

करोड़ीमल : क्या किया है मेरे बेटे ने?

अमर : मेरी बेटी कमलेश का जीवन नष्ट करने वाला यही धूर्त है।

करोड़ीमल : आपकी बातों पर हमें विश्वास नहीं हो रहा। हमारे विरुद्ध यह कैसा षड्यंत्र है।क्या सबूत है आपके पास (क्रोधित होकर बोला)

अमर : (जेब से फोटो निकालकर दिखाता है) यह रहा सबूत, यह सब फोटो देखिए। पास-पड़ोस में , रिश्तेदारी में, समाज के भय से हमने अपनी जीवित बेटी को मृत घोषित कर दिया था।

करोड़ीमल : फिर अब आपको किस प्रकार से ज्ञात हुआ?

अमर : अशोक, यह नालायक अपनी और प्रोमिला की शादी का निमन्त्रण देने कमलेश के यहाँ पहुँच गया। अन्यथा पता ही नहीं चलता और प्रोमिला का भी कमलेश की भांति हश्र होता।

करोड़ीमल : क्यों अशोक यह सच है क्या?

यशोदा : यह सब झूठ है। हमारा बेटा ऐसा नहीं कर सकता। इन लोगों ने इसे फँसाया है।

अमर : हम भला इसे क्यों फँसाने लगे?

यशोदा : क्योंकि आपकी बेटी प्रोमिला का किसी लड़के के संग प्रेम-प्रसंग चल रहा होगा। उससे यह शादी करना चाहती होगी, इसलिए अशोक पर असत्य आरोप लगाकर, अलग हटने के लिए ऐसा किया है।

अमर : जरा जबान सम्भाल कर बात करो। मेरी बाटी अच्छे संस्कार वाली है। वह ऐसा नहीं कर सकती, पहले अपने बेटे से पूछ लो।

यशोदा : बेटा तू सत्य क्यों नहीं बताता है , तू चुप क्यों है, तेरे चुप रहने से तेरा अपराध सिद्ध होता है। साफ-साफ बता।

अमर : सत्य बोलने के लिए हिम्मत चाहिए, वह इसमें नहीं है।

करोड़ीमल : नहीं, मेरा बेटा कभी असत्य नहीं बोलेगा। यह सदैव सत्य बोलता है।

अमर : इसीलिए तो यह परिणाम सामने है।

करोड़ीमल : बेटा बोलता क्यों नहीं ?

अशोक : बाबू जी मुझे क्षमा कर दो, मित्रों के बहकावे में आकर मैं गलती कर बैठा (हाथ जोड़कर) मैं हाथ जोड़कर माफ़ी मांगता हूँ।

करोड़ीमल : (क्रोधित होकर) तू पैदा होते ही क्यों न मार गया था बदमाश (मारता है) भूल एक बार होती है, परन्तु तू तो तीसरी बार जान-बूझकर भूल कर रहा है। तेरा अपराध क्षमा करने योग्य नहीं है।

अशोक : (पैर पकड़कर) क्षमा कर दो पापा जी। क्षमा कर दो।

करोड़ीमल : एक अपराध किया हो तो क्षमा भी कर दूँ, तूने तो तीन-तीन अपराध किये और आगे भी अपराध करने की तैयारी में है।

अमर : पहला अपराध कमलेश को प्रेमजाल में फँसाना, दूसरा उसको बहकाकर पैसे मँगवा लेना, तीसरा शादी के लिए कमलेश को भगाकर ले जाना, चौथा शादी न करके उसे होटल में कंगाल करके छोड़कर भाग आना।

पाँचवा कमलेश को जलाने के लिए उसके पास कार्ड देकर आना उसे ब्लैकमेल करना। छठा सबकुछ छुपाकर प्रोमिला से शादी करके उसका जीवन नष्ट करने की योजना बनाना, यह अपराध किया है आपके बेटे ने।

करोड़ीमल : तू बार-बार अपराध कर रहा है। यह भूल नहीं अपराध है। भूल एकबार होती है। एक तो कमलेश को मझधार में छोड़कर भाग गया। दूसरे तूने हमें प्रोमिला के लिए भेजा। ऊपर से कमलेश को देखने के लिए वहाँ पहुँच गया, क्यों ? क्या ब्लैकमेल करने का इरादा था तेरा ? (यह कहते हुए उन्होंने फिर उसकी ठुकाई कर डाली) अब कौन है ?

अमर : पता नहीं।

करोड़ीमल : आपने फिर किसी को बुलाया होगा ?

अमर : मैं क्यों बुलाता। दरवाजा खोलकर देखो कौन है ?

पंकज : मैं खोलता हूँ। (दरवाजा खोलता है, तो सामने दरवाजे पर पुलिस खड़ी थी। पुलिस को देखकर वह चौंक गया) आप यहाँ किसलिए ?

इंस्पेक्टर : क्या कमरा नम्बर 220 यही है ?

पंकज : जी हाँ।

इंस्पेक्टर : यहाँ से फोन गया था।

पंकज : यहाँ से फोन गया था। किसका ? क्यों ?

इंस्पेक्टर : कहाँ है वह बदमाश, जो लड़कियों को बरगलाने और ब्लैकमेल करने का धंधा करता है।

करोड़ीमल : यह है, इंस्पेक्टर साहब, यह है मेरा कुकर्मी बेटा। ले जाइये इसे और कठोर से कठोर दण्ड दीजिये। मैं स्वयं इसके विरुद्ध गवाही दूंगा।

इंस्पेक्टर : अच्छा, आप सब इसके विरुद्ध जो भी बयान लिखवाना चाहते है लिखवा दीजिये।(सबका बयान लिखता है।)

**(अंतराल)**

अमर : सबके ब्यान पूरे गो गये?

इंस्पेक्टर : मुझे फोन करके किसने यहाँ बुलवाया था ?

प्रोमिला : मैंने।

इंस्पेक्टर : तुम कौन हो?

प्रोमिला : मैं श्री अमर जी की पुत्री हूँ और अशोक मेरा मंगेतर था। इसके साथ मेरी शादी होने वाली थी।

इंस्पेक्टर : अच्छा किया, ऐसे गुण्डों का यही हश्र होना चाहिए।

अमर : इंस्पेक्टर साहब।

इंस्पेक्टर : जी।

अमर : हम लग्न भेज चुके हैं, अब हमारा सामान और पैसे वापिस करवाने का कष्ट करें।

इंस्पेक्टर : हाँ, करोड़ीमल जी, आप शाम तक इनका सामान और पैसे वापिस भेजने का कष्ट करें। वरना 420 का केस बनाकर आपको कल गिरफ्तार कर लिया जायेगा।

करोड़ीमल : जी सर, घर जाकर सांयकाल तक पहुंचा दूंगा।

इंस्पेक्टर : (अमर से) यदि शाम तक आपका सामान व पैसे घर ना पहुँचे तो कल मेरे पास आ जाना।

अमर : ठीक है सर।

इंस्पेक्टर : ठीक है अब हम इसे ले जा रहे हैं। ऐसे गुंडों का हमारे पास अच्छा उपचार है।

अमर : (प्रोमिला से) मेरी बेटी तुमने बहुत अच्छा कार्य किया, जो पुलिस को फोन करके बुला लिया और उसे गिरफ्तार करवा दिया तथा अपना जीवन नष्ट होने से बचा लिया। आ बेटा मेरे गले से लग जा। (प्रोमिला को गले से लगा कर अच्छी प्रकार से स्नेह करता है) कमलेश बेटा तुम दूर क्यों खड़ी हो, आ जाओ मेरे गले से लग जाओ

कमलेश : पिताश्री (कहती हुई, विलाप करती हुई, अमर के गले से लग जाती है)

अमर : (विलाप करता हुआ) मेरी बच्ची मुझे क्षमा कर दो।

कमलेश : पिताश्री मुझे क्षमा कर दो, सच पिताश्री यदि प्रोमिला के जीवन का प्रश्न न होता तो, जन्म भर आपको मुँह न दिखाती। मैं तो क्षमा योग्य भी नहीं हूँ पिताश्री, फिर भी मैं आपसे क्षमा चाहती हूँ।

अमर : नहीं बेटा, तुम सर्वथा क्षमा योग्य हो।भूल तो तुमने वास्तव में बहुत बड़ी की थी, परन्तु समय रहते सुधार ली। अब उस भूल को बचपना समझकर भूल जा बेटी। तुम्हारी इस भूल की कीमत बहुत बड़ी चुकानी पड़ी तुम्हें। यह दर्द हमें और तुम्हें जीवन भर कचोटता रहेगा।

रेणुका : प्रोमिला की शादी के कारण हम लोगों ने तुझे अस्वीकार नहीं किया था। यदि हम स्वीकार करते तो प्रोमिला की शादी करना हमारे लिए असम्भव हो

जाता। फिर तुम जहाँ से भागी थी वह बहुत बदनाम जगह थी।

अमर : मैं तो पंकज बाबू का जन्म भर बहुत आभारी रहूँगा जिन्होंने उन गुण्डों के चंगुल से निकालकर तुम्हें पुलिस स्टेशन तक पहुँचाया और फिर बहन बनाकर अपने घर में शरण देकर तुम्हें इज्जत से जीना सिखाया, आजकल के युग में एक सगा भाई भी इतनी सहायता नहीं कर सकता, तुम्हें पंकज बाबू पर गर्व होना चाहिए।

पंकज : नहीं बाबू जी, यह आप क्या कह रहे हैं, मुझ पर रत्ती भर भी गर्व नहीं करना चाहिए, ऐसा मैंने कुछ नहीं किया, इसमें मेरा भी तो स्वार्थ था।

अमर : तुम्हारा क्या स्वार्थ था।

पंकज : मेरे पास बहन नहीं थी अकेला था, अब बहन मिल गई, मेरे माता-पिता के पास बेटी नही थी, बेटी मिल गई।मेरी पत्नी के पास नन्द नहीं थी, अब नन्द मिल गयी, और सबसे अधिक मेरे दो नन्हे - मुन्ने खुश हैं जो बुआ कहकर अपने को गौरवान्वित महसूस करते हैं। यह सुख तो स्वर्ग से भी अधिक हमें मिल गया।

कमलेश : पिताश्री मैं केवल इतना जानती हूँ कि अपने इस धर्म भाई का एहसान जिन्दगी भर स्मरण रखूंगी। साथ ही विनोद बाबू का भी मेरे ऊपर बड़ा उपकार है जिन्होंने पग-पग पर मेरी प्रत्येक परेशानी में सहायता की है (विलाप करती है)

विनोद : तुम लड़कियों में यह बहुत कमी है कि तुरंत भावुक होकर आंसू बहाने लगती हो।पहले अपने यह आंसू पोंछ लो।

अमर : मैं तुम सबका बहुत आभारी हूँ कि तुम लोगों ने मेरी बेटी के जीवन को नष्ट होने से बचा लिया। अब मेरे सामने एक विकट समस्या है।

पंकज : क्या ?

अमर : प्रोमिला की शादी के निमन्त्रण जा चुके हैं इसलिए अब आगे की चिन्ता है। भविष्य में क्या होगा ?

पंकज : कहीं कोई और लड़का तलाश कर लो।

अमर : इतनी जल्दी कहीं कोई योग्य लड़का भी तो नहीं मिल पायेगा फिर किस प्रकार से किया जाए।

कमलेश : हाँ पिताश्री यह सोचकर तो मैं भी परेशान हूँ कि आप इस समस्या का समाधान किस प्रकार से करेंगे।

अमर : बेटा, यही सोचकर मैं चिन्तित हूँ, तुम्हारे पास इस समस्या का कोई उपाय हो तो तुम बताओ।

कमलेश : मेरी दृष्टि में ऐसा कोई योग्य लड़का नहीं है, यदि पंकज भईया और विनोद जी की कोई योग्य वर हो तो काम बन सकता है।

पंकज : परन्तु इतनी शीघ्रता से कोई तैयार भी तो नहीं होगा। मेरा एक सुझाव है।

अमर : क्या ?

पंकज : यदि हम इतने कम समय में कोई लड़का तलाश भी करते हैं, तो अनेक प्रश्न पूछे जायेंगे। आप किस-किस प्रश्न का किस-किस को उत्तर देंगे, इससे अच्छा तो यह है कि आप सभी को एक पत्र लिखकर डाक द्वारा पोस्ट कर दें।

अमर : उसमें क्या लिखा जाए ?

| | | |
|---|---|---|
| पंकज | : | उसमें लिख दीजिये कि कतिपय कारणों से इस समय यह शादी नहीं हो सकती। |
| अमर | : | कोई कारण तो लिखना पड़ेगा ? |
| पंकज | : | दहेज की अधिक मांग का ही कारण लिख दें। |
| विनोद | : | हाँ यही उचित रहेगा। |
| कमलेश | : | पिताश्री मेरी दृष्टि में एक योग्य वर है यदि वह तैयार हो जाए तो --? |
| अमर | : | कौन है वह योग्य वर? |
| कमलेश | : | विनोद बाबू। |
| अमर | : | हाँ, कमलेश का सुझाव उपयुक्त है। क्यों पंकज जी ? |
| पंकज | : | मेरे विचार से ठीक ही रहेगा। |
| विनोद | : | कमलेश तुम पागल हो गई हो ? |
| कमलेश | : | क्यों ? |
| विनोद | : | इतनी छोटी लड़की से मैं शादी करूँगा। |
| कमलेश | : | अरे विनोद जी वह छोटी नहीं पूरे 18 वर्ष की बालिग हो चुकी है। |
| विनोद | : | तुम्हारे लिए वह 18 वर्ष की बालिग होगी, परन्तु मेरे लिए तो वह छोटी बहन के समान है। |
| पंकज | : | अरे यार तुमने तो प्रोमिला को छोटी बहन बनाकर सारे विकल्प ही समाप्त कर दिए। परन्तु कमलेश का सुझाव समसे उत्तम था। क्योंकि तुम ---। |
| विनोद | : | नहीं - नहीं मित्र आगे कुछ मत कहना, तुम जो कहना चाहते हो मैं समझ गया। |
| पंकज | : | क्या समझ गए ? |
| विनोद | : | सब कमलेश नहीं हो सकतीं। |

कमलेश : (मुँह लज्जा के कारण लाल हो गया) बस इस बात पर यहीं पूर्ण विराम लगा दीजिये।

पंकज : अच्छा बाबू जी, हमें चलने की आज्ञा दीजिये।

कमलेश : अच्छा पिताश्री-माताश्री मुझे भी चलने की आज्ञा दीजिये।

अमर : नहीं कमलेश तुमज नहीं जा सकतीं। अब घर चलो बेटा।

कमलेश : नहीं पिताश्री, अभी मैं घर नहीं चल सकूंगी।

अमर : क्यों ?

कमलेश : इस प्रकार की बातें छिपती नहीं हैं। इस शादी के टूटने पर सब लोग अनेक प्रकार की बातें बनायेंगे। आप इस घटना को गुप्त ही रहने दें। लोग पूछें तो कह देना कि दहेज़ की अधिक मांग के कारण शादी तोड़ दी गयी।

पंकज : वैसे एक बात और भी है।

अमर : क्या ?

पंकज : अशोक धनी परिवार का लड़का है। उसकी गिरफ्तारी की बात किसी से छिपेगी नहीं, उससे लोगों को उसके अपराधी होने व रिश्ता टूटने का पता स्वयं ही लग जायेगा।

अमर : हाँ, अब जैसा भी होगा, भुगतना तो पड़ेगा ही।

कमलेश : पिताश्री आप चिन्ता न करें क्योंकि आपकी कोई गलती नहीं है, इसलिए जब लोगों को उनकी वास्तविकता का पता लगेगा तो लोग उन्हें ही कहेंगे। अब मैं चलूँ।

रेणुका : अब तुम घर नहीं चलोगी ?

कमलेश : इस समय की परिस्थितियों को देखकर, मेरा घर जाना उचित प्रतीत नहीं होता।

अमर : ठीक है बेटा, अब तेरे पास वहीं तेरी शरणस्थली देखने और मिलने आऊंगा। तेरी दूसरी माँ से, तेरी भाभी से, तेरे भतीजे – भतीजी से व तेरी उन बहनों से मिलने जो तुम्हारे साथ काम करती हैं।

कमलेश : आप अवश्य आइयेगा पिताश्री, माताश्री को साथ लेकर, मेरी एक बहुत बड़ी आकांक्षा है।

अमर : क्या ?

कमलेश : मैं एक बहुत बड़ा, ऐसी कन्याओं के लिए "आश्रय कुटी" अवश्य खोलूंगी, जहाँ बंधन नहीं, नारी संरक्षण गृह की तरह शारीरिक व मानसिक शोषण न हो। जहाँ महिलायें सुख की साँस ले सकें। उस आश्रय गृह में उन्हें ओद्योगिक व व्यवसायिक प्रशिक्षण दिया जा सके, जिससे कि वे स्वावलम्बी बनकर समाज में एक उज्ज्वल स्थान ग्रहण कर सकें।

अमर : मैं इस कार्य में तुम्हारी पूर्ण सहायता करूँगा।

कमलेश : अच्छा, अब विदा ले।

(सबकी आँखें नम हो जाती हैं)

**(समाप्त)**

# साहित्यिक उपलब्धियाँ

1. आकाशवाणी रोहतक, छतरपुर तथा दूरदर्शन केन्द्र से अनेक नाटकों का प्रसारण।
2. आकाशवाणी रोहतक व दूरदर्शन से अनेक वार्ता, बातचीत व काव्यपाठ का प्रसारण।
3. हरियाणा साहित्य एकादमी, चण्डीगढ़, पंचकूला द्वारा प्रसारित पत्रिका 'हरिगंधा' में अनेक नाटक, लघुकथा, कविता, लेख प्रकाशित।
4. हरियाणा लोक सम्पर्क विभाग, चण्डीगढ़ द्वारा प्रकाशित 'हरियाणा संवाद' में अनेक लेख प्रसारित।
5. श्रुतिपथ, दैनिक हरि भूमिका, टोहना दर्शन, निट इण्डिया, जयगुंजार आदि पत्र-पत्रिकाओं में अनेक कविता, नाटक लघुकथा प्रकाशित
6. हरियाणा साहित्य एकादमी, पंचकूला द्वारा आयोजित नाटकों पर संगोष्ठी में मुख्य वक्ता।
7. जुलाई 2017 का हरियाणा ग्रन्थ अकादमी, पंचकूला द्वारा तीन दिवसीय कार्यशाला में मुख्य वक्ता।
8. इसके अतिरिक्त अनेक संगोष्ठी, काव्य सम्मेलन, साहित्यिक कार्यक्रम में अध्यक्षता के रूप में कार्य किया।

# पुरस्कार एवं सम्मान

1. हरियाणा साहित्य अकादमी, चण्डीगढ़ द्वारा कहानी प्रतियोगिता में प्रथम-पुरस्कार
2. वसुधैव कुटुम्बकम् संस्कृति सेवा आयाम, पंजी. कुरूक्षेत्र द्वारा हरियाणा स्वर्ण जयन्ती व पं0 दीनदयाल उपाध्याय जन्म शताब्दी वर्ष के अवसर पर हरियाणा ग्रन्थ अकादमी, पंचकूला द्वारा आयोजित अन्तर्राष्ट्रीय संगोष्ठी के अवसर पर 'साहित्य सेवा सम्मान' से सम्मानित।
3. अखिल भारतीय साहित्य परिषद (शाखा-फरीदाबाद) द्वारा 'साहित्य पुरोधा सम्मान' से सम्मानित।
4. इसके अतिरिक्त अनेक स्वचालित साहित्य संस्थाओं के द्वारा सम्मानित
5. प्रज्ञा साहित्यिक मंच, रोहतक द्वारा 'प्रज्ञा साहित्य सम्मान'
6. श्रीमद् शंकर स्वामी श्री विश्वदेवानंद तीर्थ धर्मार्थ ट्रस्ट, रोहतक द्वारा 'अमूल्य वृद्ध सम्मान'
7. भारतीय संस्कृति मंच, रोहतक द्वारा श्री भारत भूषण सांधीवाल सम्मान
8. उत्तरप्रदेश भाषा संस्थान के 'शब्दशिल्पी' सम्मान से सम्मानित
9. निर्मला स्मृति साहित्यिक समिति (रजि0) चरखी दादरी (हरियाणा) द्वारा 29/9/2019 को 'निर्मला स्मृति हिन्दी साहित्य रत्न सम्मान' से अलंकृत किया गया।

10. राजकीय कन्या महाविद्यालय, गुरुग्राम एवं उत्तर प्रदेश भाषा संस्थान, लखनऊ द्वारा एक दिवसीय साहित्य समाज और मीडिया की राष्ट्रीय संगोष्ठी में दिनांक 13-11-19 को अध्यक्ष के रूप् में भाग लिया।

11. राष्ट्रसृजन अभियान के द्वारा दिनांक 26-5-2020 को कोरोना कर्मवीर सम्मान से सम्मानित किया गया।

12. बिहार-हिन्दी-साहित्य सम्मेलन कदमकुआं पटना 3 के द्वारा दिनांक 19-10-2020 को साहित्य सम्मेलन हिन्दी सेवी सम्मान से सम्मानित किया गया।

www.ingramcontent.com/pod-product-compliance
Ingram Content Group UK Ltd.
Pitfield, Milton Keynes, MK11 3LW, UK
UKHW042125021026
15589UKWH00003B/617

9 789390 539291